사랑 이야기,

담을 넘어 도망친 내시의 아내

국어시간에 고전읽기

102

사랑 이야기,

담을 넘어 도망친 내시의 아내

전국국어교사모임 기획 · 진재교 글 · 김숙경 김혜리 이영림 그림

Humanist

'국어시간에 고전읽기' 시리즈를 펴내며

고전을 읽어야 한다는 가르침은 어릴 때부터 귀가 따가울 만큼 들었다. 그러나 몸소 이를 따르는 사람은 흔치 않다. 종종 고전을 가까이하는 사람들이 있는데 이들은 대체로 삶을 헛되이 보내지 않고 훌륭한 일을 이루어 세상에 뚜렷한 이름을 남겼다. 고전 안에 그만큼 값진 속살이 들어 있기 때문이다.

고전이 이처럼 깊은 가치를 지녔는데 어째서 고전을 읽는 사람은 흔치 않을까? 아마도 고전이 사람을 쉽게 끌어당겨 주지 않기 때문일 것이다. 고전은 우리에게 섣불리 손짓을 하지도, 눈웃음을 치지도 않는다. 고전은 끈기를 가지고 파고들어 오는 사람에게만 마지못한 듯이 웃음을 지으며 속내를 털어놓는다. 고전은 요즘보다 훨씬 무뚝뚝하던 옛날에 이루어진 삶이며 글이기 때문이다.

그래서 우리는 청소년들이 고전을 즐겨 읽을 수 있도록 마음을 다했다. 뻣뻣하고 까칠한 고전을 달래서, 부드럽고 친절하게 청소년을 끌어당기도록 손을 쓰고 공을 들였다. 멋없이 무뚝뚝하던 고전을 정성껏 매만져서 두 팔을 활짝 벌리고 청소년들을 끌어안을 수 있도록 탈바꿈했다.

고전은 이제 온전히 겉모습을 바꾸어 청소년들을 맞이할 것이다. 자칫 속살까지 탈바꿈한 것처럼 보일지 몰라도 책을 읽다 보면 예스러운 고전의 맛과 멋을 한껏 느낄 수 있을 것이다. 우리는 무엇보다도 고전이 고전다운 속내와 뼈대를 온전하게 지니도록 하는 데 힘을 쏟았다.

고전은 시공간을 뛰어넘고, 나라와 겨레를 뛰어넘어 세상 모든 사람에게 큰 울림을 준다. 《시경》, 《탈무드》, 《오디세이아》, 셰익스피어와 괴테의 작품이 세상 모든 이에게 가르침을 주듯이, 우리의 고전도 모든 이에게 값진 가르침을 줄 것이다. 가르침이 서로 다르기는 하지만 높낮이가 있는 것은 아니다. 그러므로 세상 고전을 두루 읽어야 하는 것이나, 우리는 우리네 고전부터 읽는 것이 마땅한 차례다.

이런 뜻으로 전국국어교사모임에서 '국어시간에 고전읽기' 시리즈를 펴낸 지 십 년이 되었다. 누구나 두루 즐기며 읽을 수 있도록 쉽게 풀어 쓰고 맛깔나고 재미있는 작품으로 재창조하려고 무던히도 애썼다. 다행히도 많은 독자로부터 분에 넘치는 사랑을 받았고, 우리 고전을 가까이하고 즐기는 청소년들이 많이 늘어 고마울 따름이다.

지난 십 년처럼 묵묵하게 이 시리즈를 이어 갈 생각으로 첫 마음을 되새기며 글과 그림을 더하고 고쳐 좀 더 새로운 얼굴의 우리 고전을 세상에 다시 내놓으려 한다. 이 책을 통해 우리 청소년들이 풍성하고 가치 있는 고전의 바다에 풍덩 빠질 수 있기를 기대해 본다.

2012년 11월

전국국어교사모임

《사랑 이야기》를 읽기 전에

고전 소설이나 전래 동화를 통해 옛이야기를 많이 접해 온 우리에게 야담(野談)은 왠지 낯설게 느껴집니다. 야담은 역사적 사건이나 인물에 관하여 민간에서 떠돌며 전해 온 이야기를 한자로 기록한 것입니다. 산문정신이 피어난 조선 후기에는 이러한 야담이 크게 유행했습니다.

그래서 야담에는 조선 후기를 살았던 다양한 인물의 갈등과 고뇌가 담겨 있습니다. 거지와 부자, 사기꾼과 도둑, 농민과 장사꾼, 장인바치와 떠돌이, 이야기꾼과 광대부터 내시와 내시의 아내, 기생과 청상과부, 노비와 아전, 역관과 몰락한 양반에 이르기까지 야담에 나오는 주인공들은 매우 다양합니다.

이제 흥미진진한 야담의 세계로 빠져들기 전에 미리 알아 두어야 할 것도 바로 주인공들입니다. 이들은 주로 신분이 미천하고 사회적으로 소외된 여성인데 신분을 극복하고 사랑을 이루어 내지요. 기생, 관비(官婢), 청상과부, 사노비(私奴婢), 내시의 아내도 자신의 의지나 가족, 친지의 도움으로 원하는 사랑을 이룹니다.

그런데 왜 야담에는 신분이 낮은 여성과 신분이 높은 양반의 사랑을 그린 내용이 많을까요? 조선 후기에는 신분이 같은 남녀가 만나 혼인을 하는 경우가 일반적이었고 반대의 경우는 흔치 않았습니다. 만약 여러분이 남녀의 사랑을 다룬 작품을 쓴다면 어느 쪽에 더 흥미를 느낄까요? 당연히 신분이 다른 남녀의 사랑 이야기에 더 관심을 갖지 않을까요? 춘향이가 기생이 아니라 양반 가문의 규수였다면, 거꾸로 이 도령이 양반의 자제가 아니라 노비나 서민이었다면 훨씬 재미가 덜했을 것이고, 오늘날까지 전해지지도 않았을 것입니다.

여기 등장하는 여성 주인공들은 숱한 현실적 장애와 도덕적 규범을 뛰어넘어 자신의 삶을 스스로 개척합니다. 자기 인생의 주인으로 살아가는 개성 있는 인물들이지요. 비록 작품 곳곳에 유교 이념과 규범을 덧씌운 흔적이 있지만, 이들은 자아를 인식하고 적극적으로 행동하여 사랑을 이룹니다. 이러한 사랑이야말로 시간과 공간을 초월하여 우리의 가슴을 적시고 강한 울림을 주지 않을까요. 자, 그럼 지금부터 곡절 많고 사연 많은 아름다운 사랑 이야기 속으로 들어가 봅시다.

2007년 10월

진재교

차례

'국어시간에 고전읽기' 시리즈를 펴내며 4

《사랑 이야기》를 읽기 전에 6

1 변치 않는 사랑의 약속

눈을 쓸면서 옥소선을 엿보다 13

그리운 임과 다시 만난 일타홍 37

2 신분을 초월한 연분

담을 넘어 도망친 내시의 아내 59

운명처럼 만난 소복 입은 여인 75

우하형과 죽음까지도 함께한 여종 89

3 곡절을 넘어 이룬 인연

꽃다운 아내와 재복을 얻은 채생 105

양반 가문의 청상과부와 인연을 맺은 권생 135

4 운명을 바꾼 기이한 만남

궁색한 참의 댁 아들, 암행어사가 되다 153

남편을 스스로 택한 지혜로운 여종 165

기생에게 통쾌하게 복수한 갖바치 179

이야기 속 이야기

사랑의 징표 거울 한쪽 줄까, 시 한 수 지어 보낼까? 54

혼인의 역사 형이 죽으면, 형수를 아내로 삼는다고? 100

애틋한 사랑 이야기 부부로 함께 살아간다는 것 148

깊이 읽기 _ 애정이 깃든 감동적인 인생 극장 194

함께 읽기 _ 이런 사랑을 만난다면? 205

이야기 출처 209

참고 문헌 211

한 송이 이름난 꽃이 버드나무 상여에 실렸으니
향기로운 넋은 머뭇머뭇 어디로 향해 가는 겐가

금강 가을비에 명정을 적시니
아마도 사랑하는 이의 이별 눈물 이 런 가

1

변치 않는 사랑의 약속

이야기… 하나

눈을 쓸면서 옥소선을 엿보다

성종 때의 일이다. 어떤 이름난 재상이 평안도 관찰사로 부임했다. 평안도는 예로부터 아름답기로 유명해, 강가나 산허리의 누대에서 구경하는 경치와 사람들이 아름다운 옷으로 치장하고 풍악을 울리는 성대한 놀이 또한 팔도에서 으뜸이었다. 풍류를 즐기는 호사객이나 벼슬하는 재주 있는 사람들 가운데 기생의 웃음에 빠져 삼 년을 머무르는 자가 적지 않았다.

이곳 평안도의 기적에 이름이 올라 있는 예쁜 여자아이가 하나 있었다. 이 아이의 이름은 '자란(紫鸞)'인데 '옥소선'이라고 불렸다. 이제 겨우 열두 살에, 타고난 자태가 어여쁜 것이 세상에 둘도 없는 미인이었다. 노래와 춤뿐만 아니라 악기 다루는 재주도 뛰어났으며, 학식이 깊고 영민해 시까지 잘 지으니 이미 평안도 일대에선 최고의 기생으로 명성을 날리고 있었다.

한편 관찰사에게는 아들이 하나 있었는데, 이 아이 역시 열두 살로 눈과 눈썹이 그림 같았다. 그는 어려서 경사에 통달하고 부르는 대로 바로바로 문장을 지을 수 있었으며 시를 짓는 재능까지 갖춰, 붓을 들기만 하면 시 한 편을 완성했다. 그래서 사람들은 그를 신동이라 불렀다. 관찰사에게는 자식이 하나밖에 없는 데다 재주까지 남달라 애지중지할 수밖에 없었다.

관찰사가 마침 생일을 맞이했다. 추향당(秋香堂)에 술자리를 벌여 놓고 손님들과 기녀를 불러 풍악을 화려하게 베풀었다. 술이 거나해지고 왁자지껄 웃음소리가 퍼지자 관찰사가 아들에게 일어나 춤을 추라고 일렀다. 그리고 행수 기녀를 불러 젊은 기녀 중 한 명을 골라 아들과 함께 춤을 추도록 했다. 잔치 마당의 흥을 더하기 위해서였다. 다른 기녀들과 관아의 사람들 모두, 자란이 어여쁘고 재주까지 뛰어나므로 도련님의 상대가 될 수 있을 뿐만 아니라, 마침 나이도 같아 함께 춤을 추게 하는 것이 좋겠다고 했다. 곧 한 쌍의 절묘한 춤사위가 여린 버들처럼 감돌고 가볍게 나는 제비처럼 어우러졌다. 이를 지켜보던 사람들은 모두 그 모습에 놀라고 감탄했다.

관찰사도 크게 기뻐하며 자란을 불러 술상 앞에 앉히고 요리를 권하고는 비단 따위를 상으로 내렸다. 그러고는 자란에게 아들 시중을 들게 했다. 이때부터 자란은 관찰사의 아들에게 차를 내주고 먹을 갈아 주는 일을 하게 되었다. 자란은 항상 관찰사의 아들 주위를 떠나지 않았고, 함께 장난치며 놀기도 했다.

몇 년이 지나자 둘은 서로를 깊이 사랑하게 되었다. 둘 사이에 얽힌 사랑의 실타래는 중국의 전기 소설에 나오는 주인공 정생과 이와, 장랑과 앵앵의 사이와도 비교할 수 없을 정도였다.

관찰사는 임기를 마쳤으나, 조정에서는 그가 평안도를 잘 다스렸다 하여 그 자리를 다시 맡겼다. 이렇게 하여 관찰사는 육 년 동안이나 평안도에서 지낸 뒤에야 비로소 서울로 돌아갈 수 있었다. 돌아가는 날이 가까워지자 관찰사와 부인은, 아들이 자란과 차마 이별하지 못하고 한스러워 할까 봐 무척이나 염려했다. 자란을 두고 가자니 아들이 상사병에 걸릴까 염려되고, 데리고 가자니 장가를 들지 않은 아들의 앞길에 방해가 될까 걱정이었다. 이러기도 저러기도 곤란하여 결단을 내리지 못하다가 마침내 관찰사가,

"이건 아들놈에게 물어보고 결정해야겠소."

하고, 아들을 불렀다.

"사내대장부가 좋아하는 것이라면 아무리 아비라 해도 자식더러 하

- **재상**(宰相) 임금을 돕고 모든 벼슬아치를 지휘, 감독한 이품 이상의 벼슬.
- **기적**(妓籍) 기생들을 등록해 놓은 대장.
- **옥소선**(玉簫仙) '옥으로 만든 퉁소를 부는 선녀'라는 뜻인데, 여기서는 자란의 아름다움을 빗대어 한 말이다. 자란의 자(字)가 '옥소선'이라고 한 책도 있다.
- **경사**(經史) 《논어》, 《중용》, 《대학》과 《시경》, 《서경》, 《주역》, 그리고 역사를 기록한 책.
- **행수**(行首) 한 무리의 우두머리.
- **전기 소설**(傳奇小說) 귀신과 인연을 맺거나 용궁에 가는 등 기괴하고 신기한 일을 내용으로 한 소설. 김시습의 《금오신화》에 실린 다섯 작품이 여기에 속한다.
- **정생**(鄭生)**과 이와**(李娃), **장랑**(張郎)**과 앵앵**(鶯鶯) 중국 당나라의 전기 소설에 나오는 주인공들. 정생과 이와는 《이와전(李娃傳)》의 남녀 주인공이며, 장랑과 앵앵은 《앵앵전(鶯鶯傳)》의 남녀 주인공이다.

지 말라고 가르칠 수 없는 법이다. 그러니 어찌 마음대로 너의 뜻을 막을 수가 있겠느냐? 너와 자란이 이미 정이 돈독해 헤어지기도 어려울 것 같고……, 그렇다고 아직 장가도 안 든 네가 그 애와 함께 지냈다간 앞으로 혼인하는 데 방해가 될까 염려되는구나. 남자가 첩을 두는 건 세상에 흔히 있는 법. 네가 그 애를 사랑하여 도저히 잊을 수 없다면 비록 자란 때문에 사소한 해로움이 있더라도 어쩔 수 없지 않겠느냐? 이제 네 뜻에 따라 결정할 터이니, 속내를 숨기지 말고 다 이야기해 보거라."

그러자 아들이 바로 대답했다.

"아버님께서는 어찌 불초자가 저 하찮은 기생과 헤어지기 아쉬워 상사병에 걸려 몸이라도 상할까 걱정하시옵니까? 제가 비록 한때 눈이 멀어 한눈을 팔았지만, 이제 그 애를 버리고 돌아가는 것은 마치 해진 짚신을 버리는 일과 같사옵니다. 어찌 계집 따위에 연연해 하며 잊지 못하는 마음을 두겠습니까? 바라옵건대 아버님께서는 다시는 걱정하지 마옵소서."

관찰사와 부인은 기뻤다.

• 불초자(不肖子) 불초는 아버지를 닮지 않았다는 의미로, 아들이 부모를 상대하여 자기를 낮추어 이르는 말.

"우리 아이가 진짜 대장부로구나!"

이렇게 해서 관찰사 일행은 자란을 평안도에 남겨 두고 서울로 떠났다. 자란은 눈물을 삼키느라 목이 메어 차마 쳐다보지 못했으나, 관찰사의 아들 생은 조금도 아쉽거나 연연해 하는 기색이 없었다. 이를 지켜본 감영 안의 하인과 비장 들은 생의 남다른 의연함에 모두들 놀랐다. 생과 자란이 함께 생활한 지가 오륙 년이고, 그동안 하루도 서로 떨어져 본 일이 없었기 때문에 생이 이토록 아무렇지도 않은 듯이 이별하고 쉽사리 떠날 줄은 몰랐다.

관찰사는 대사헌이 되어 조정으로 복귀했고, 생도 부모님을 따라 서울로 돌아왔으나 시간이 지나면서 점점 자신이 자란을 그리워하고 있다는 사실을 깨달았다. 그러나 감히 그 이야기를 꺼내거나 심정을 드러낼 수 없었다.

그 무렵, 감시과를 본다는 방이 나붙었다. 생은 아버지의 명대로 동무 두셋과 함께 절로 들어가 과거 시험을 준비했다. 그러던 어느 날 밤, 동무들이 모두 잠자리에 들었다. 생도 이불을 펴고 누웠지만 잠을 이룰 수 없어, 홀로 일어나 뜰 앞을 서성이고 있었다.

때는 한겨울이고 눈 내린 밤, 달빛이 눈부시게 환한 데다 깊은 산속의 고요한 밤이라 소리마저 잦아들었다. 생은 달을 바라보며 자란을 그리워하다 구슬픈 마음이 절로 일었다. 자란의 얼굴을 한 번만 봤으면 하는 마음을 억누를 수 없어 미쳐 버릴 것 같았다. 동이 트려면 한참을 기다려야 했지만 생은 절을 나서 곧장 평양을 향해 길을 떠났다.

털모자에 다 해진 명주옷을 입고 가죽신을 신은 채로 길을 나선 생은 십여 리도 못 가 발이 부어 더 이상 걸어갈 수 없었다.

생은 어느 촌가에 들어가 가죽신을 짚신으로 바꿔 신고, 쓰고 있던 털모자 대신 옆이 찢어져 다 해진 패랭이를 얻어 썼다. 가는 길에 구걸도 했으나 주린 경우가 대부분이었고, 주막에서 잠을 청하기도 했지만 밤새도록 추위에 떨기 일쑤였다. 생은 부귀한 집안의 자제로 기름진 밥을 먹으며 비단옷을 입고 자라서 고생을 해 본 적이 없는 데다 문밖으로 몇 걸음 나가 본 적도 없었다.

그런데 이렇게 갑자기 천 리 길을 걸어서 가다 보니 비틀거리다 엎어지기도 하고, 기어서라도 가려 했지만 더 이상 앞으로 나갈 수 없는 지경에 이르기도 했다. 굶주리고 추위에 떨며 갖은 고생을 다 하면서 옷은 찢어질 대로 찢어져 너덜너덜하고, 얼굴은 검고 수척해져 거의 귀신과 다름없는 몰골이 되었다.

이렇듯 험난한 고비를 넘기며 조금씩 걸으니 한 달 남짓 만에 비로소 평양에 도착할 수 있었다. 생은 곧장 자란의 집에 찾아갔으나, 자란은 보이지 않고 그 어미만 있을 뿐이었다. 자란의 어미는 생을 보고도 알아보지 못했다. 생은 앞으로 다가가 말을 건넸다.

"나는 전 관찰사의 아들이라네. 자네 딸을 잊지 못해 이렇게 천 리

- **생(生)** 학식이 있는 사람. 또는 학생을 이르는 말.
- **비장(裨將)** 조선 시대에 감사(관찰사) 등을 따라다니던 수행원.
- **대사헌(大司憲)** 조선 시대 사헌부의 종이품 벼슬. 벼슬아치를 감찰하고 기강을 확립하는 따위의 일을 맡아보았다.
- **감시과(監試科)** 조선 시대에 생원(生員), 진사(進士)를 뽑던 과거 시험.

길을 걸어서 왔는데, 자란은 어딜 갔기에 보이지 않는 겐가?"

자란의 어미는 생의 말을 듣고도 기뻐하는 기색이 없었다.

"우리 딸은 새로 오신 관찰사의 자제께 사랑을 입어 밤낮없이 산속의 정자에서 함께 머물고 있지 뭡니까? 그분은 우리 애가 밖으로 나가는 것을 잠시도 허락하지 않아, 집에 오지 못한 지도 벌써 여러 달이 지났습니다. 도련님께서 이렇게 먼 길을 오셨으나, 만날 길이 막연하니 참 딱하게도 됐습니다그려."

자란의 어미는 먼 곳만 바라볼 뿐, 맞아들여 대접할 생각이 통 없어 보였다. 생은 이런 생각이 들었다.

'자란이 보고 싶어 이렇게 왔건만, 자란은 만나 볼 수도 없고 그 어미한테 면박만 당하는구나. 이리되면 어디 가서 쉴 곳조차 없으니 진퇴양난이로구나!'

딱히 갈 곳을 모르고 방황할 즈음, 문득 아버지가 그곳 감영에 있을 때 구실아치였던 아무개가 떠올랐다. 그자는 전에 도저히 용서받을 수 없는 무거운 죄를 지어 사형에 처해질 운명이었다. 그런데 생이 그를 불쌍히 여겨, 혼정신성하는 틈틈이 아버지께 그를 구해 달라 간청했고, 결국은 관찰사가 아들의 말을 받아들여 그를 살려 준 적이 있었다. 생은 이 구실아치가 죽다 살아난 은혜를 입은 만큼, 자신이 가면 며칠 동안 머물게 해 줄 수 있을 거라는 생각이 들었다.

생은 자란의 집에서 나와 구실아치의 집을 찾아갔으나, 구실아치마저 처음에는 생을 알아보지 못했다. 구실아치는 생이 자신의 이름을 알려 주고 나서야 눈을 휘둥그레 뜨며 얼른 모셨다. 대청마루를 깨끗하게 치워 그곳에 묵도록 하고, 밥과 반찬도 풍성하게 장만하여 올렸다.

생은 그곳에서 며칠을 묵으며 구실아치와 함께 자란을 만나 볼 계책을 짰다. 이윽고 구실아치가 넌지시 제안했다.

“조용히 둘만 만나는 방법은 아무래도 없어 보입니다만……, 한 번만이라도 얼굴을 보고 싶으시다면야 제가 꾀를 내어 보지요. 그런데 도련님께서 과연 이 꾀를 따를 수 있을는지요?”

생은 구실아치에게 어떤 계책인지 물었다.

“얼마 전 눈이 내린 뒤라, 곧 감영에서 눈을 쓰는 부역이 있을 겁니다. 이 일은 으레 성안 백성들이 부담해 왔는데, 소인이 마침 이 일의 책임을 맡고 있습죠. 도련님께서는 부역하는 인부들 사이에 섞여 들어가, 산속의 정자에서 비를 들고 눈을 쓸고 계십시오. 자란이 그곳에 있을 테니 아마도 얼굴은 볼 수 있지 않을까 싶습니다. 이것 말고는 지금으로선 별다른 방도가 없사옵니다.”

생은 이 계책을 따르기로 하고, 이튿날 아침 일찍 다른 일꾼들과 함께 산속의 정자로 가서 비를 들고 눈을 쓸기 시작했다. 그때 마침 관찰사의 자제가 창을 열었고 그 옆에 자란도 있었으나 밖에서는 보이지 않았다.

일꾼들은 다들 건장하여 기운차게 눈을 치우고 있는데 생은 비를

- **구실아치** 조선 시대에 관아의 벼슬아치 밑에서 일을 보던 사람.
- **혼정신성(昏定晨省)** 밤에는 부모의 잠자리를 보아 드리고 이른 아침에는 부모의 밤사이 안부를 묻는다는 뜻으로, 부모를 잘 섬기고 효성을 다하는 모습을 이른다.

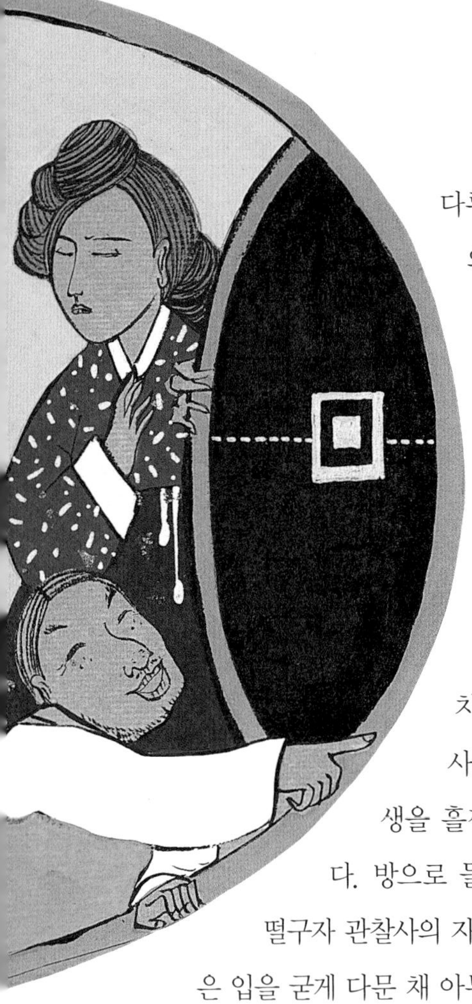

다루는 것이 서툴러 어설프게 보였다. 관찰사의 자제는 그런 모습을 보고 웃음을 터뜨리고는 자란을 불러 그 꼬락서니를 보게 했다. 부름을 받은 자란이 나오자, 생은 털로 짠 모자를 젖히며 앞으로 지나가면서 자란을 쳐다보았다. 자란도 생의 모습을 물끄러미 바라보다가 곧장 방으로 들어가 문을 닫아 버리고는 다시 나오지 않았다. 생은 아쉽고 서글픈 마음을 안은 채 구실아치의 집으로 돌아올 수밖에 없었다.

사실 자란은 평소에 총명하고 지혜로웠던지라, 생을 흘낏 보고도 그가 예전의 도련님이린 걸 알았다. 방으로 들어간 자란이 아무 말 없이 앉아서 눈물만 떨구자 관찰사의 자제가 의아해 하며 왜 우느냐고 물었다. 자란은 입을 굳게 다문 채 아무 말도 하지 않다가 두세 번 애써 묻자 비로소 말문을 열었다.

"첩이 천한 몸인데도 사랑해 주셔서 밤에는 같이 비단 이불을 덮고 낮에는 진수성찬을 함께 들며, 저를 잠시도 집으로 돌아가지 못하게 하십니다. 그렇게 지낸 지가 이미 몇 달이 되었지요. 이런 부귀와 영화는 첩에게 다시없는 것이니, 어찌 한 터럭이라도 원망의 마음을 두겠습니까? 다만 첩의 집은 가난한 데다 늙은 어미만 계시옵니다. 제가 집에 있을 때야 아버님의 제삿날이 돌아와도 구걸을 하든 빌리든 간

에 몇 그릇의 음식이라도 마
련하여 제사를 지낼 수 있었지
요. 그런데 지금은 여기에서 이렇게
꼼짝달싹 못하옵니다. 마침 내일이 아버님
제삿날이온데, 늙은 어미만 홀로 계신지라 젯
밥도 제대로 마련하지 못했으리라 짐작되옵
니다. 갑자기 이런 생각에 미치고 보니 슬
픈 나머지 절로 눈물이 나는군요. 어찌 다
른 까닭이 있겠사옵니까?"

관찰사의 자제는 자란에게 푹 빠진 지
이미 오래된 터라, 그 말을 전혀 의심하
지 않았다. 오히려 측은해 하면서 자란
을 위로했다.

"정말 그랬단 말이냐? 그런 일이 있
었으면 왜 진작 말하지 않았느냐?"

관찰사의 자제는 즉시 제사에 필요
한 음식을 마련하도록 하여 자란에게
주면서, 집에 가서 아버지 제사를 지
내고 돌아오라고 했다. 자란은 헐레벌
떡 집으로 내달려 생을 찾아보았다. 그러
나 생이 보이지 않자 어머니에게 다그쳐
물었다.

"어머니! 전 관찰사 댁 도련님이 오셨다는 것을 알고 있지요? 틀림없이 우리 집에 묵고 계실 거라 생각했는데, 지금 여기에 안 계시니 대체 어디로 가신 거예요?"

"도련님께서 정녕 너를 만나고자 걸어서 여기까지 찾아왔다고 하더구나. 얼마 전 우리 집에 왔는데, 네가 관아에 들어가 있어 만날 기약을 할 수 없다고 했더니 스스로 발길을 돌리더구나. 그 양반이 어디로 갔는지는 나도 잘 모르겠는걸……."

이 말을 들은 자란은 소리 내어 울면서 어머니를 탓했다.

"사람으로서 차마 못할 짓을 어머니께서 하시다니요. 동갑내기인 저와 도련님이 열두 살 때 수연에서 함께 춤을 추던 날, 모두들 제가 도련님의 짝이 된다고 했지요. 비록 남을 통해서 인연이 되긴 했지만, 이는 실로 하늘이 맺어 준 배필이랍니다. 이것이 제가 도련님을 저버릴 수 없는 첫 번째 이유예요.

그날부터 하루도 곁을 떠난 적이 없었고, 다 자라서는 마침내 은밀한 정을 나누게 되었지요. 서로 사랑하는 정과 마음을 얻은 즐거움으로 말하면, 예나 지금이나 어디를 찾아보아도 견줄 데가 없을 거예요. 도련님께서 비록 저를 잊는다 해도, 전 죽어도 잊을 수가 없습니다. 이것이 제가 도련님을 저버릴 수 없는 두 번째 이유예요.

또 전 관찰사님께서 저를 도련님의 배필로 생각하시어, 미천하다고 멀리한 적이 없으셨지요. 저를 위로하며 어루만져 준 깊은 마음과 후하게 내려 준 그 은덕은 세상에 둘도 없는 것이었습니다. 이것이 제가 도련님을 저버릴 수 없는 세 번째 이유예요.

평양은 큰 도회지여서 귀한 분들이 베를 짜듯 수없이 많이 왕래하기에 저도 뵌 분들이 많아요. 그러나 기품이 빼어나고 재주가 뛰어나기가 도련님 같은 분은 여태껏 없었지요. 그래서 저는 평소에 담쟁이 덩굴이 서로 감겨 있듯, 서로 부부로 믿고 의지하려는 마음을 두고 있었답니다. 이것이 제가 도련님을 저버릴 수 없는 네 번째 이유랍니다.

게다가 도련님이 저를 버리더라도 저는 도련님을 저버릴 수 없는 처지지요. 지금은 비록 도련님을 뵐 낯이 없어졌지만, 목숨을 끊어 절개를 지키지 못한 것은 어쩔 수 없는 위세 때문이었답니다. 지금 새 관찰사의 자제에게 아양을 떨고 있는 형편인데도 도련님께서는 행실도 바르지 않은 천한 저 하나를 보려고 천 리를 멀다 않고 걸어오셨습니다. 이것이 제가 도련님을 저버릴 수 없는 다섯 번째 이유예요.

도련님은 귀한 몸인데도 낭패를 보면서까지 미천한 저를 찾아왔으니 해야 할 도리가 있거늘, 어머니께선 어찌 그리도 야멸치게 대하셨습니까? 제가 비록 집에 없었지만, 전날 아껴 준 정과 베푼 은혜도 생각지 않고, 따뜻한 밥 한 그릇 대접하며 머물게 하지 않았단 말입니까? 이는 정녕코 사람이 할 짓이 아닌 법. 그럼에도 어머니께서 그리하셨으니 어찌 제가 울분을 터뜨리지 않겠어요?"

자란은 한참 동안을 목 놓아 울다가 이내 마음을 진정시키더니 한 가지 생각을 떠올렸다.

• **수연(壽宴)** 장수를 축하하는 잔치. 보통 환갑잔치를 이른다.

'맞아! 이 성안에 도련님이 따로 거처할 만한 곳은 없을 테니, 필시 아무개 구실아치 집에 있을 거야!'

생각이 여기에 미치자 자란은 곧바로 일어나 구실아치 집으로 달려갔다. 과연 그곳에 생이 있었다. 두 사람은 손을 부여잡고 눈물을 흘릴 뿐, 아무 말도 주고받지 못했다. 이윽고 자란은 생을 집으로 데리고 가서 푸짐한 술상을 차려 올렸다. 밤이 되어서야 자란이 생에게 말을 건넸다.

"내일이면 다시 볼 수 없을 텐데, 어떡하지요?"

마침내 두 사람은 몰래 달아나기로 했다. 자란은 옷상자에서 비단으로 수놓은 옷가지를 꺼내 속의 솜을 다 빼냈다. 또한 패물 등 가벼운 금붙이를 보자기 두 개에 나누어 싸 두었다. 어머니가 깊이 잠든 밤을 틈타, 두 사람은 짐을 함께 짊어지고 달아났다.

이들은 깊은 산속을 돌아 한 촌민의 집에서 기식하며 지냈다. 처음에는 남의 품팔이를 하게 되었는데, 생은 허드렛일에 서툴러 할 수 없었다. 그나마 자란이 자수와 바느질 솜씨가 좋아 겨우 입에 풀칠을 했다. 자란은 밤낮으로 부지런히 길쌈과 바느질을 하고, 그때그때 형편에 맞춰 팔아 생을 뒷바라지했다. 그 덕에 생은 옷가지와 생활용품이 부족하거나 떨어지는 일이 없었다. 그녀는 또 이웃들에게도 처신을 잘하여 인심을 얻었다. 이웃들은 새로 흘러 들어온 이들의 빈궁한 처지를 모두 안쓰러워하며 도와주었다. 그래서 이들은 마침내 편안한 거처를 얻을 수 있었다.

한편, 애초에 생과 함께 절에서 공부하던 동무들은 아침에 일어나

생이 보이지 않자 크게 놀랐다. 즉시 스님들과 함께 사방을 뒤졌지만 끝내 생을 찾을 수 없었다. 어쩔 수 없이 생의 집에 사실을 알리니, 온 집안이 발칵 뒤집혔다. 종들을 모두 풀어 주위 수십 리를 샅샅이 찾았으나, 결국 생의 종적을 알 수 없었다. 이구동성으로 "여우한테 홀려 죽지 않았다면, 반드시 사나운 호랑이한테 물려 밥이 되고 말았을 게야." 했다. 그리하여 결국에는 초혼을 하고, 시신 없이 묘까지 써서 장사를 지냈다.

그런 가운데 새 관찰사의 자제는 자란이 종적을 감추자, 감영의 아전들을 시켜 그 어미와 친족을 잡아 가두고 자란의 소식을 수소문했다. 그러나 달이 넘도록 찾지 못하자 이내 포기하고 말았다.

자란은 생과 거처를 마련하여 안정을 찾은 후, 이렇게 말했다.

"당신은 양반 댁 독자로 저 같은 기생에게 홀려 부모도 저버리고 궁벽한 산골로 도망했습니다. 이렇게 숨어 지내니, 집에서는 살았는지 죽었는지조차 아실 리 없고…… 불효가 막심하옵니다. 행동을 조신하게 하여 어리석은 죄를 깨끗이 씻어야 할 것이옵니다. 이곳에서 지금처럼 이렇게 늙을 수는 없는 일이고, 또한 뻔뻔스러운 얼굴로 집에 돌아갈 수도 없지 않겠습니까? 낭군께서는 장차 어떻게 할 요량이신가요?"

생은 이 말을 듣고 눈물을 줄줄 흘렸다.

"나도 이를 걱정하고 있었소. 다만 어떻게 해야 할지 마땅한 방도가 떠오르지 않을 뿐이라오."

"한 가지 방법이 있긴 합니다. 그렇게만 한다면 옛날의 허물을 일부

덮고 좋은 결과를 낼 수도 있지요. 위로는 어버이를 다시 모실 수 있고 아래로는 세상에 다시 설 수도 있기는 합니다만, 혹 낭군께서 제 생각에 따를 의향이 있으신가요?"

생은 바싹 다가앉으며 어떤 계획인지 물었다.

"그건 바로 과거에 합격해 세상에 이름을 날리는 것이랍니다. 굳이 다른 말을 덧붙이지 않아도 낭군께선 이해하시겠지요?"

생은 매우 기뻐하며 말했다.

"당신이 나를 위해 세운 방도가 참으로 지극하구려. 그런데 어디서 책을 얻어 읽는단 말이오?"

"그런 걱정은 하지 마세요. 제가 마련해 보겠습니다."

이때부터 자란은 이웃에 얘기하여 값을 따지지 않고 책을 구하려고 노력했다. 그러나 궁벽한 산촌이라 한참이 지나도록 구입할 수가 없었다. 그러던 어느 날, 한 행상이 마을을 지나가면서 책 한 권을 팔려고 했다. 마을 사람 하나가 벽에 바를 용도로 그 책을 사려 하자, 자란이 먼저 얻어 생에게 보여 주었다. 바로 우리나라 근래의 표와 전을 과제로 엮은 책인데, 글씨가 깨알 같았다. 크기는 한 되만 하고, 적혀 있는

- **초혼**(招魂) 사람이 죽었을 때, 그 혼을 소리쳐 부르는 일.
- **표**(表) 마음에 품은 생각을 적어서 임금에게 올리는 글.
- **전**(箋) 지은이가 경전이나 옛 책 가운데 이해하기 어려운 곳을 해설하여 자신의 뜻을 밝히거나 견해를 써넣은 글.
- **과제**(科製) 과거 시험에 잘 나오는 문구를 적은 자료. 일종의 과거 시험 예상 문제집.

시는 거의 수천 수나 되었다. 생은 이 책을 보고 매우 기뻐했다.

"이 책 한 권이면 충분하겠어!"

자란은 즉시 책을 사서 생에게 주었다. 생은 그 책을 쉴 새 없이 외웠다. 생은 밤이면 등잔불을 밝힌 채 책을 읽고, 자란은 그 옆에서 물레를 돌려 가며 실을 잣는 등, 둘은 등잔불을 나눠 쓰며 각자의 일을 계속했다. 생이 조금이라도 해이해지면 자란은 버럭 화를 내고 핀잔을 주며 과거 공부를 독려했다.

이렇게 삼 년이 훌쩍 지났다. 생은 평소 글재주가 뛰어난 데다 점차 문장이 나아지자 시상(詩想)이 저절로 떠올랐다. 그래서 붓을 들었다 하면 작품 한 편을 금방 완성했는데, 문장이 세상에 둘도 없을 정도로 곱고 아름다워 과거에 당장 붙을 솜씨였다.

이때 나라에서 알성시를 치른다는 소식이 들렸고 자란은 여행 채비를 단단히 한 뒤, 생에게 과거를 보러 떠나라고 했다. 생은 걸어서 서울에 올라와 성균관의 과거 시험장으로 들어갔다. 임금이 친히 행차하여 시험 제목을 내주었다. 제목을 받은 생은 생각이 샘솟듯 떠올라 일필휘지로 써냈다. 과거 시험이 끝나고 임금은 어전에서 급제자 명단을 뜯어보게 했는데, 생이 장원 급제를 했다. 그때 생의 아버지는 이조판서로 임금 앞에 있었다. 임금은 이조판서를 불러 물었다.

"지금 장원을 한 자가 경의 자식인 것 같은데, 자기 아버지의 직함을 '대사헌'이라고 썼으니 이 무슨 까닭인고?"

그러면서 과거 시험 답안지를 꺼내 이조판서에게 보여 주도록 했다. 생의 아버지는 살펴보더니 자리에서 물러나 눈물을 흘리면서 아뢰었다.

"전하! 이놈은 신의 자식이 맞사옵니다. 삼 년 전에 동무들과 함께 절에서 글을 읽다가, 하룻밤 사이에 그만 종적을 감추어 끝내 찾을 수 없었나이다. 필시 맹수에게 물려 죽었겠거니 여겨 절 뒤편에다 거짓으로 묘를 쓰고 이미 장사까지 마쳤나이다. 신에게 다른 자식은 없고 오직 이 아이 하나뿐이었는데, 재주와 품성이 뛰어났사옵니다. 천만뜻밖에 자식을 잃은 뒤 슬픈 심정은 지금도 여전하옵니다. 그런데 이 시험 답안지를 보니 과연 제 자식의 글씨가 맞사옵니다. 아이를 잃었을 때 신의 직함이 대사헌이었기에 그렇게 쓴 것으로 사료되옵니다. 하지만 이 아이가 삼 년 동안 어디서 무엇을 하다가 이번 시험에 응시했는지는 실로 모르겠사옵니다."

임금은 이 말을 듣고 참 신기한 일이라 여겨 곧 생을 불러들였다. 생은 홍패가 내려지기 전이라, 유생의 복장 그대로 들어와 임금을 뵈었다. 이날 임금을 모시고 있던 사람들 중 이 광경을 보고 얼굴빛을 바꾸지 않은 사람이 없었다. 임금은 친히 절에서 무슨 연유로 내려왔고 삼 년 동안 어디에서 머물렀는지 등을 물었다. 이에 생은 머리를 숙이고 아뢰었다.

"신은 면목이 없사옵니다. 부모를 저버리고 도망을 쳤으니 인륜의

- **알성시**(謁聖試) 국왕이 문묘에 가서 제례를 올릴 때 성균관 유생에게 시험을 보게 해 성적이 우수한 사람을 선발하는 시험. 나중에는 지방의 유생들에게도 응시 자격을 주었다.
- **일필휘지**(一筆揮之) 아무 거리낌 없이 글자를 단숨에 죽 내리 쓰는 것을 말한다.
- **홍패**(紅牌) 문과의 회시(會試)에 급제한 사람에게 주던 증서. 붉은색 종이에 성적과 등급 및 이름을 먹으로 적었다.

죄를 지었사옵니다. 바라건대 저에게 무거운 죄를 내리옵소서."

"임금과 부모 앞에선 숨기는 일이 있어서는 안 되느니라. 비록 잘못이 있더라도 과인은 너를 벌주지 않을 것이니라. 숨기지 말고 모든 사실을 낱낱이 아뢰거라."

이에 생은 전후 일어났던 사실과 자신의 행동을 하나하나 사실대로 아뢰었다. 주위 사람들은 귀를 쫑긋하며 들었고, 임금도 여러 번 놀라고 기이하게 생각했다. 그러더니 이조판서에게 명령했다.

"경의 아들이 지금 잘못을 뉘우치고 과업에 힘써 이름을 신료들의 명부에 올리고 조정에 서게 되었소. 자고로 남자가 젊었을 때 잠시 여색에 빠지는 일은 크게 우려할 바 아니니, 이제 지난날의 죄는 다 용서하고, 이를 계기로 훗날 큰사람이 되도록 독려해 주기 바라오.

자란과 함께 산속으로 숨어 들어간 일도 기이하고, 또한 자란이 방도를 마련해 지난날의 잘못을 보충하고자 생에게 책을 사 주어 과거 시험에 힘쓰도록 했으니, 그 뜻이 매우 갸륵하오! 관기라고 해서 천하게 여겨서는 아니 될 것이오. 이 아이에게 따로 아내를 얻어 줄 것 없이 자란을 정실부인으로 삼도록 하시오. 과인은 둘 사이에 낳은 자식이 청현직에 오르도록 조처할 것이오."

그러고는 이어서 방을 내렸다. 생의 아버지는 임금 앞에서 잃었던 아들을 찾고, 생은 머리에 계수나무 꽃을 꽂은 채 말을 타고 풍악을 울리며 집으로 돌아왔다. 생의 집은 슬픔과 기쁨이 교차하며 놀라움으로 떠들썩했다. 생의 부모는 임금이 명한 대로 가마를 준비해 자란을 맞이해 와서는, 성대한 잔치를 마련하고 생의 정실로 맞아들였다.

그 후 생은 벼슬이 정승까지 올랐고, 이들 부부는 백년해로했다. 자식은 둘을 낳았는데, 모두 과거에 급제하여 영화를 누렸다. 생의 집에 자란을 데려오던 날, 생은 장원 급제를 이유로 바로 출륙하여 병조좌랑에 제수되었던 터라, 자란은 좌랑의 아내로서 가마를 타고 상경하게 되었다. 그래서 지금도 평안도 맹산(孟山) 사람들은 그녀가 살던 마을을 '좌랑촌'이라 부른다고 한다.

- **관기**(官妓) 관청에 소속된 기생.
- **청현직**(淸顯職) 조선 시대 홍문관의 높고 중요한 직책을 이르는 말. 청직은 주로 학식과 문벌이 높은 사람을 임명하며, 과거에 급제한 사람만 임용되었다.
- **출륙**(出六) 칠품직에 있던 관원이 임기가 만료되고 나서 성적이 좋으면 육품으로 승급하여 다른 직으로 옮기는 것.
- **병조좌랑**(兵曹佐郎) 조선 시대 육조(六曹) 가운데 군사에 관한 일을 맡아보던 병조(兵曹)의 정육품 벼슬.
- **제수**(除授) 추천의 절차를 밟지 않고 임금이 직접 벼슬을 내리던 일.

이야기 : 둘

그리운 임과 다시 만난 일타홍

심 상공은 얼굴이 옥설처럼 하얗고, 풍채가 맑고 빼어났다. 여덟 살 때 벌써 글을 지었는데 문장이 이채로웠다. 어린 시절에 아이들 사이에 섞여 있으면 누구나 다 그를 빼어나다고 칭찬했다. 젊은 나이에 문과에 급제하여 관직을 두루 역임하고 결국 정승 자리에 올랐다. 늘그막에 이르러서는 세상 사람들이 그를 명정승이라 일컬었다.

그는 나이 일흔이 넘도록 정승 자리에 있었는데, 하루는 비변사에 나가 관아에 앉았다가 일을 마칠 무렵에 여러 재상에게 말했다.

"내가 나오는 것도 오늘로 끝이오. 대감들께서는 잘 지내시오."

재상들이 입을 모았다.

"상공께서 건강하시어 아무 병이 없는데, 이 무슨 말씀이십니까?"

심 상공은 웃으며 말했다.

"죽고 사는 것은 다 천명이거늘, 이미 정해진 수명을 어길 수 없다는 것을 내 어찌 모르겠으며 이를 어찌 한스러워 하겠소? 다만 바라건대, 대감들께서는 힘써 성은에 보답해야 할 것이오."

이렇게 말하고는 두루 격려하고 떠나니 모두들 어리둥절했다. 심 상공은 자기 집으로 돌아간 이튿날 곧 가벼운 병에 걸렸다. 그러자 평소 심 상공을 모셨던 자로, 심 상공 또한 아끼던 한 병조좌랑이 문병차 들렀다. 심 상공은 병석에서 그 사람을 맞이했는데 마침 주위에 아무도 없었다.

"나는 아무래도 오늘 죽을 것 같네. 자네는 앞으로 크게 기대되는 사람이니 스스로 몸을 잘 간직해야 할 것이네."

이렇게 말하는 심 상공의 얼굴에 눈물 자국이 남아 있었다. 그것을 보고 병조좌랑이 말했다.

"대감께선 기운이 강건하시니 가벼운 병환이 있다 한들 크게 걱정할 것이 있겠습니까? 그런데도 지금 돌아가신다 말씀하시고 또 이렇듯 눈물까지 흘리셨습니다. 저로서는 이해할 수 없어 감히 그 이유를 여쭙습니다."

공은 웃으며 말했다.

"내가 누구에게도 일찍이 말한 적 없는 일이 있다네. 오늘 자네가 이렇게 물으니 어찌 숨길 수 있겠나? 내 이제 자세히 이야기하겠네. 이 늙은이의 소싯적 일을 자네는 웃지 말고 들어 보게나."

이야기는 이러했다.

나이 열다섯 살 때, 용모가 아름답기 그지없었다네. 서울의 어느 대가 댁에서 문희연이 있었는데, 유명한 광대가 기생들을 불러 성대하게 잔치를 베풀었지. 나는 다른 아이들과 함께 구경을 갔다네. 그때 화려한 비단옷을 입은 한 소녀가 눈에 띄었는데, 나이는 열여섯 살쯤 되었을까, 타고난 바탕과 남다른 겉모습이 특출하여 바라보기만 해도 하늘에서 선녀가 내려온 것 같았다네. 가만히 옆의 아이에게 물어보니,

"저 아이는 일타홍이야."

하고 가르쳐 주더군. 구경을 마치고 돌아왔는데, 마음에 못내 그리움이 일어나서 잊을 수가 없었지. 그로부터 십여 일 뒤 서당에서 글을 배우고 책을 끼고 돌아오는데, 큰길에서 우연히 미인을 만났다네. 화려한 옷으로 곱게 단장을 하고, 좋은 안장을 갖춘 준마를 타고 있었지. 그 미인은 내 앞으로 다가오더니 말에서 내려 내 손을 잡으며,

"도련님은 성은 심이요, 이름은 희수라는 분이 아니신지요?"

라고 하는 것이 아니겠나?

내가 깜짝 놀라 바라보니 그는 다름 아닌 일타홍이었어.

"내가 바로 심희수네만, 어떻게 나를 아느냐?"

- **심 상공** 심희수(沈喜壽, 1548~1622). 임진왜란 때 선조를 의주까지 호송했으며, 어려운 백성을 구제하는 데 힘썼다. 청백리에 뽑히고 벼슬이 우의정에 이르렀다. 상공은 정승의 높임말이다.
- **옥설(玉雪)** 백옥같이 희고 깨끗한 눈.
- **비변사(備邊司)** 조선 시대에 군국의 사무를 관장하던 문·무 합의 기구. 나라에 비상사태가 일어나면 이 회의에서 협의하고 결정했다.
- **문희연(聞喜宴)** 과거 시험에 합격한 사람이 벌이는 잔치로 창방연(唱榜宴)이라고도 한다.

당시 나는 나이도 어린 데다 장가들기 전인지라, 길거리에 구경하는 사람이 많은 것이 마음에 걸리고 몹시 부끄러웠다네. 그런데 일타홍은 나를 만나 기뻐하는 표정이 얼굴에 역력하더군. 그러더니 말고삐를 잡은 사람을 돌아보고,

"내 마침 일이 생겼으니 연회에는 내일 참석할 테야. 말을 몰고 돌아가서 내 말을 전해 주면 좋겠구나."

라고 하더군. 그러고 나서 내 손을 잡고 길가 어느 집에 들어가더니 나를 보고 물었어.

"도련님은 아무 날에 어느 댁 문희연을 구경하지 않았나요?"

"그랬네."

"그날 도련님 얼굴을 바라보고 하늘에서 신선이 내려왔는가 싶었죠. 옆 사람에게 물어보니 마침 알아보는 사람이 있어 '심씨 댁 도령으로 이름은 희수이며 재주로 이름을 세상에 날린다.'라는 말을 들을 수 있었지요. 그때부터 꼭 한번 뵙기를 소원했는데 길이 없어 생각만 날로 깊어 가다 오늘 마침 도련님을 만나니 하늘이 도왔나 봅니다."

나는 좋아서 웃으며 이렇게 말했다네.

"내 마음과 꼭 같구먼."

"여기는 이야기할 만한 곳이 못

됩니다. 제 이모 댁이 아무 동네에 있는데 거기 가면 조용히 이야기를 나눌 수 있을 거예요."

우리가 바로 그 집을 찾아가니 아주 한적하고 조촐한 곳이더군. 그 이모는 일타홍을 매우 사랑하여 자기 딸이나 다름없이 대했지. 그때부터 우리 둘은 서로에게 흠뻑 빠져 밤이나 낮이나 문을 꼭 닫고 밖으로 나가지 않았지 뭔가. 그때 일타홍은 아직 다른 남자를 만나 본 적이 없었고 내가 처음이었지. 그리 지낸 지 십여 일, 일타홍이 문득 나를 보고 말하더군.

"이래서는 인연이 오래갈 수 없습니다. 도련님과 헤어져서 뒷날을 기약해야겠습니다."

내가 왜 그러냐고 물으니 이렇게 대답했다네.

"소첩은 이 몸이 다할 때까지 도련님을 섬기기로 결심했습니다. 하지만 도련님께는 위로 부모가 계시지요. 도련님이 아직 정실부인을 맞이하지 않으셨는데, 부모님이 지금 어떻게 첩을 거느리도록 허락하시겠습니까? 소첩이 도련님의 그릇과 재능을 보옵건대, 필시 일찍 과거에 급제하여 지위가 판서와 정승에까지 오를 것입니다. 소첩은 이제 도련님께 하직하고 떠날 것이오니, 응당 도련님을 위해 몸을 깨끗이 하여 정절을 지키며, 도련님이 과거에 급제하시는 날을 기다리겠습니다. 그리하여 유가하시는 사흘 안에 도련님과 재회할 것입니다. 이 말을 철석같이 지킬 것이니, 도련님은 과거에 급제하기 전에는 다시 소첩

◦ **유가(遊街)** 과거 급제자가 광대를 데리고 풍악을 울리며 시가행진을 벌이고 시험관, 선배 급제자, 친척 등을 찾아보던 일. 보통 사흘에 걸쳐 시행했다.

을 볼 생각을 하지 마세요. 그리고 소첩이 절개를 잃고 딴 사람을 따라갈 걱정일랑 행여 마시고요. 소첩은 스스로 몸을 간수할 도리가 있습니다. 도련님이 과거에 급제하는 날이 소첩을 다시 만나는 날이 될 것입니다."

그러고는 이내 잡았던 손을 놓고 훌쩍 떠나가는데, 이별을 안타까워하는 기색이 조금도 보이지 않았다네. 내가 어디로 가느냐고 물어도 끝내 말이 없더군. 나는 마음이 아득하여 무엇을 잃어버린 듯 슬픈 마음으로 집에 돌아왔지.

부모님은 그간 내가 간 곳을 몰라 여러 날을 근심에 싸여 지냈는데, 내가 집에 돌아오자 반기며 기뻐하셨지. 그동안 어디에 가 있었던가를 물으셨지만, 나는 바른대로 아뢰지 않고 다른 일로 꾸며 댔네. 그 뒤로 나는 일타홍을 그리는 마음을 지울 수 없어, 자고 먹는 것까지 그만두는 지경에 이르고 말았지.

오랜 시간이 흐른 뒤, 정신을 다시 가다듬고 과거 준비에 온 힘을 다했다네. 밤낮으로 쉬지 않고 부지런히 힘을 다한 것은 오직 일타홍을 다시 만날 생각에서였다네. 그로부터 몇 년 뒤, 부모님이 장가를 들라고 명하셔서 감히 거부하지 못하고 처를 두었지만, 끝내 금실의 즐거움은 없더군.

나는 본래 글재주가 일찍 트인 데다, 남보다 열 배나 부지런히 과거 공부에 힘을 썼기 때문에, 과연 일타홍과 작별한 지 오 년이 되는 해에 과거에 급제했네. 젊은 나이에 급제했으니 어찌 기쁘지 않겠는가마는 나에게 기쁜 일은 따로 있었지. 그것은 드디어 일타홍과 재회할 기약을 이룰 수 있게 된 것이었다네.

유가하던 첫날 일타홍을 만날 것으로 기대했으나 그러지 못했고, 둘째 날 또한 만나지 못했으며, 셋째 날에 이르러 유가를 마쳤지만 끝내 그림자도 볼 수 없었네. 몹시 서운한 마음에 급제의 기쁨도, 아무런 흥겨움도 일어나지 않았지. 그런데 날이 저물 무렵 아버지께서 명하셨네.

"나의 어린 시절 친구 아무개가 창의동에 살고 있으니 당장 찾아 뵙도록 해라."

나는 부득이 그곳에 가야 했는데, 돌아오자니 해가 벌써 서산에 떨어지려 하더군. 큰길에 있는 어느 집 대문 앞을 지나는데, 그 안에서 과거 급제자를 부르는 소리가 났다네. 바로 노 재상의 저택이었지. 그 대감과는 전혀 내왕이 없는 사이였으나, 어른이 부르는 터라 말에서 내려 공손히 나아갔지 뭔가? 대감은 몇 차례 질문을 던지더니, 곧바로 가까이 앉도록 해서 더불어 이야기를 나누는데, 태도가 자못 은근하더니 이내 술상을 내어 대접하는 것이 아니겠나? 대감은 술잔을 들고 이렇게 말하더군.

"그대는 인연이 있는 사람을 보고 싶지 않은가?"

나는 무슨 영문인지 몰라 다시 물었네.

"저와 인연인 사람이 있습니까?"

대감은 웃으며,

"그대와 인연이 있는 사람이 지금 우리 집에 있다네."

* **창의동(彰義洞)** 서울 북쪽 성곽의 문을 창의문(彰義門)이라 하고, 그 근방의 마을을 창의동이라고 했다.

하더니 즉시 종을 시켜 그 사람을 사랑으로 나오게 했다네. 한데 그 사람은 다름 아닌 일타홍이 아닌가!

나는 일타홍을 보고 한편으로는 놀라고 한편으로는 기뻐하며,

"네가 어떻게 여기에 있느냐?"

라고 물었더니 일타홍은 웃으며,

"오늘이 바로 서방님이 유가하시는 마지막 날입니다. 제가 어찌 이별할 때의 기약을 지키지 않겠습니까?"

라고 하더군. 대감이 나서서 이렇게 말했다네.

"이 여자는 천하의 빼어난 미인이라네. 지조가 아름답고 행동거지가 반듯하니, 자네를 위해서 다 이야기하겠네. 내 나이 팔십이 되도록 부부가 해로하는데 슬하에 자녀를 두지 못했네. 그런데 어느 날 일타홍이 문득 나를 찾아와서는 '대감 문하에 의지하고자 하오니, 가까이서 시중을 들며 비복의 끝자리를 채우도록 허락해 주십시오.' 했지. 내 괴이하게 여겨 그 연유를 물어보았다네. 그러자 '쇤네는 상전을 피해 도망친 자가 아니니 걱정하지 마옵소서.'라고 간청하더군. 나는 사양하여 받아들이지 않았지. 그래도 한사코 애원하기에 결국 우리 집에 있게 했다네. 나는 일타홍이 하는 행동을 가만히 두고 보았지. 일타홍은 내 곁에서 시중들 것을 자처하여, 낮이면 음식을 만들어 바치고 밤이면 이부자리를 보살피는 등 쇄소응대에 정성을 다하더구먼. 우리 부부가 모두 늙고 병들었는데도, 곁에서 떠나지 않으면서 우리를 거들고, 등을 긁어 주고, 무릎을 주무르는 등 정성을 다해 보살피며 우리 부부를 편안하게 해 주더구먼. 게다가 바느질 솜씨마저 좋아 자청하여 옷을 지으니, 우린 철마다 꼭 맞는 옷을 입을 수

있었다네. 우리 부부 모두 일타홍을 귀여워했지만, 특히 안사람이 더욱 사랑하여 친딸같이 여겼다네. 밤낮으로 우리를 곁에서 받드는 일타홍에게 한번은 내가 조용히 내력을 물어보았더니 이렇게 대답하더군.

'저는 본래 양갓집의 여자였으나 어려서 부모님을 여의고 어린 나이에 의지할 곳이 없어, 어느 마을의 노파에게 거두어져 기녀가 되었지요. 그러다 한 낭군을 만나 백년가약을 맺었습니다. 그러나 낭군이 아직 나이가 어려 과거에 급제한 후 다시 만나기로 언약을 했답니다. 제가 그대로 기녀로 있으면, 제 몸이 자유롭지 못할 뿐 아니라 정절을 지키기 어려울 듯해 감히 귀댁에 의지하여 종적을 감추고 몇 년 동안 지낼 계획을 세운 것입니다. 제 낭군이 과거에 급제하는 날, 저는 나리를 하직하고 떠날 것입니다.'

그 낭군이 누구냐고 물으니 바로 자네의 이름을 대더군. 나는 이미 쇠약하고 늙은 데다 죽을 때가 다 되어 여자를 가까이할 생각이 없었기에, 나의 시첩을 자청한 일타홍은 자신의 몸을 온전히 지킬 수 있었던 게지. 이렇게 사오 년이 지났는데, 방이 붙을 때마다 자네의 이름이 빠져 있는 것을 보고서도 '낭군은 틀림없이 급제할 것이니, 지금 낙방을 했다고 해서 걱정할 필요가 없습니다.' 하는데, 그대

- **비복**(婢僕) 계집종과 사내종을 아울러 이른다.
- **쇄소응대**(灑掃應對) 물을 뿌려 쓸고 응대한다는 뜻으로, 집 안팎을 깨끗이 거두고 웃어른의 부름이나 물음에 응하여 상대함을 이른다.
- **시첩**(侍妾) 함께 있으면서 시중드는 첩.

와의 이별을 슬퍼하고 한탄하는 기색은 조금도 찾아볼 수 없었다네. 이번에 내가 급제자를 붙인 방을 보고 일타홍에게 전했더니 별로 놀라고 기뻐하는 기색도 없이 '저는 오래전부터 급제할 줄 알았습니다. 어찌 기이한 일이라 하겠습니까. 낭군과 이별할 적에 유가하는 사흘 안에 만나기로 약속을 했으니, 이 기약을 어길 수 없습니다.' 하며, 누대에 올라 유가 행렬을 기다리더군. 우리가 사는 동네는 깊고 외따로 떨어져 있어서 둘째 날이 되도록 행렬이 지나가는 것을 볼 수 없었네. 그러나 일타홍은 오늘도 자네를 기다리며 '오늘은 꼭 지나갈 것입니다.'라고 하더니, 그대가 정말 우리 집 문 앞을 지나가자 바로 달려와서는 불러 달라 청하더군. 내가 고금의 전기 소설에서 빼어난 여인들과 현인의 일화, 감동적이고 기이한 이야기들을 많이 보았지만, 이처럼 절묘하고 기이한 경우는 보지 못했다네. 하늘도 저 아이의 지극한 정성에 감동해 지난 약속을 이루어 주셨으니, 오늘의 이 만남은 저버릴 수 없을 것이네. 이 늙은이가 마땅히 저 아이와 그대를 위하여 한 가지 좋은 일을 만들어 볼까 하니, 그대는 집에 돌아가지 말고 하룻밤 머물고 가게나."

나는 일타홍을 뜻밖에 만나 놀라고 기쁜 데다, 그 이야기를 듣고서 몹시 감격했지만, 일부러 말을 에둘러 해 보았지.

"이 여자는 제가 어린

시절 가까이한 바 있으나, 이미 대감을 모시는 여자가 되었으니 어찌 제가 가까이하겠습니까?"

대감은 빙긋이 웃으며 이렇게 말했네.

"내가 이미 늙어 여색을 탐하지 않은 지 벌써 오래되었네. 일타홍을 첩으로 삼은 것은 내 조카아이들이 넘보는 길을 끊고자 한 것이었다네. 낭군을 위한 일타홍의 수절이 늠름하기가 서릿발 같거늘, 누가 그 뜻을 빼앗을 수 있단 말인가? 다시는 의심하지 말게나."

그러고는 내가 타고 온 말과 마부들을 돌려보내고, 이어 나의 부친께 '자제를 하룻밤 묵고 가게 하겠다.'라는 전갈을 했네. 계집종에게 분부해 방 하나를 깨끗이 치운 뒤 채색 병풍에 화문석, 비단 이불 등을 화려하게 마련하도록 하고는 향을 태우고 화촉을 밝혀 신방처럼 꾸며 놓은 뒤, 나와 일타홍을 그 방에서 자도록 했다네.

이튿날 아침, 나는 노 대감께 감사의 인사를 드리고 집으로 돌아와 일타홍과 만난 자초지종을 부모님께 비로소 아뢰었지. 부모님은 즉시 데려오도록 명하고 이내 한집에서 살도록 해 주시더구먼. 일타홍은 행실이나 재주가 모두 출중했네. 효성과 공경을 다해 윗사람을 섬겼고, 자상하고 은혜로워 성심과 예절을 다하여 아랫사람을 대하니 누구나 다 좋아하고 감복했네. 바느질 솜씨까지 절묘했을 뿐 아니라, 거문고나 바둑 등 기예에도 빼어나서 따라올 사람이 없었지. 내가 일타홍을 총애했으나 일타홍은 오히려 나를 내실에 들어가도록 권하여 부부 사이가 소원해지지 않도록 배려하더구먼.

내가 금산 고을의 원으로 부임할 적에 일타홍도 따라와서 몇 해를 관아에서 함께 지냈지. 언제나 곁에서 정성스레 수발하고 내가 건강을 잃을까 염려하여, 밤이면 혼자 자도록 권하는 일이 잦았다네. 그런데 어느 날 뜻밖에 한방에서 지내기를 자청하는 것이 아닌가?

내가 의아해서 까닭을 물으니 이렇게 대답하더군.

"첩이 죽을 날이 가까워 왔습니다. 이승에서 살날이 많이 남지 않았으니, 원하옵건대 생의 즐거움을 다 누려 유감없이 지내고자 하옵니다."

"네가 어떻게 죽을 날을 미리 안단 말이냐?"

내가 괴이하게 여겨 물으니 일타홍은 웃으며,

"첩은 다 아는 수가 있사옵니다."

라고 하더구먼. 그리고 엿새쯤 지나 과연 가벼운 병에 걸리더니 별로 고통을 느끼지도 않고 며칠 만에 숨을 거두고 말았지. 숨을 거두기 전 내게 이런 부탁을 하더군.

"죽고 사는 것은 다 정해진 명에 따르는 것이니 일찍 죽든 오래 살든 마찬가지입니다. 살아생전에 대감께 몸을 의지해 더할 수 없는 사랑을 입었으니, 지금 죽는다고 한들 무엇을 한스러워 하겠습니까? 다만 바라옵건대, 제 뼈가 뒷날 대감의 산소 옆에 묻혀 지하에서까지 모시게 된다면 더 이상 소망할 것이 없겠습니다."

그러고는 말을 마치자마자 곧 숨을 거두었는데, 얼굴은 살아 있을 때의 모습 그대로였다네. 나는 몹시 슬퍼 손수 염을 하고 입관을 해 주었지. 국법에 죽은 첩을 운구하여 장사 지내는 예는 없기에, 다른

- **염(殮)** 죽은 사람의 몸을 씻긴 뒤에 옷을 입히고 염포로 묶는 일.
- **운구(運柩)** 시체를 넣은 관을 운반하는 것.

일을 핑계로 약간의 말미를 얻었다네. 그러고는 일타홍이 남긴 말에 따라 몸소 상여를 거느리고 가서 선산에 장사를 지내 주었네.

나는 금강 나루에 다다라 애달픈 정을 시구에 담아 보았네.

한 송이 이름난 꽃이 버드나무 상여에 실렸으니
향기로운 넋은 머뭇머뭇 어디로 향해 가는 겐가
금강 가을비에 명정을 적시니
아마도 사랑하는 이의 이별 눈물이런가.

일타홍은 죽은 뒤에도 집안의 크고 작은 일에 길흉이 있을라치면 으레 꿈에 나타나 미리 알려 줬는데, 하나도 틀리는 법이 없었다네. 떠난 지 이미 오랜 세월이 지났건만, 며칠 전 또 꿈에 나타나 고하길,

"대감께선 명이 다해 세상 떠나실 날이 가까웠습니다. 며칠 내로 뵙게 되오니, 첩은 몸과 마음을 깨끗이 하고 기다리겠사옵니다."

라고 하는 것이 아닌가. 내가 일전에 여러 재상에게 고별한 것은 이 때문이라네.

바로 어젯밤에 또 일타홍 꿈을 꾸었는데, '내가 내일이면 돌아갈 것이다.' 하며 서로 주고받은 말이 자못 서글펐다네. 꿈속에서 얼마나 울었던지 아침에 일어났을 때에도 그 흔적이 남아 있었던 것이라네. 내 어찌 죽음을 애달파 하여 울었겠는가? 자네는 나와 한집안 식구 같은 사이인지라, 마침 자네가 물어보기에 내 이와 같이 이야기한 것이라네. 번거롭게 다른 사람에게 옮기지는 말게나.

심 상공은 과연 그날 임종을 했으니, 일타홍의 행적은 실로 아름답고 진기하다 아니할 수 없으리라.

- **선산**(先山) 조상의 무덤 또는 무덤이 있는 산.
- **명정**(銘旌) 다홍 바탕에 흰 글자로 죽은 사람의 품계, 관직, 성씨를 기록한 깃발.

사랑의 징표

거울 한쪽 줄까, 시 한 수 지어 보낼까?

오늘날의 남녀는 사랑에 빠지면 서로 많은 징표를 주고받습니다. 같은 옷을 입기도 하고, 종이학을 접어 주기도 하며, 커플링을 나누어 끼기도 하지요. 그렇다면 옛날에는 사랑의 징표로 무엇을 주고받았을까요? 옛사람들이 주고받은 것을 통해 당시의 사랑에 관한 풍속을 엿보기로 합시다.

삼국 시대–청동 거울, 관옥, 석남 나무 가지, 비단에 쓴 편지

삼국 시대 때 남녀가 주고받은 징표 중 하나는 거울입니다. 《삼국사기》에 나오는 가실과 설씨녀는 청동 거울을 주고받지요. 둘은 거울을 반쪽씩 지니고 있다가, 오랜 헤어짐 끝에 다시 만났을 때 합쳐 보며 사랑을 확인했습니다. 두 무덤에서 따로 발견되어 하나로 맞춰진 관옥도 있었는데, 이 역시 부부가 주고받은 사랑의 징표였습니다. 《수이전(殊異傳)》 〈수삽석남(首揷石枏)〉에서 주인공 최항은 사랑하는 이에게 석남 나무 가지를 징표로 줍니다. 또 신라를 배경으로 한 설화 〈명주가〉에는 비단에 쓴 편지가 등장합니다.

백제 무령왕릉에서 출토된 청동거울, 국립공주박물관 소장.

조선 시대–가락지, 시 한 수, 머리카락으로 삼은 미투리, 사랑의 편지

조선 시대의 대표적인 사랑의 징표는 가락지입니다. 가락지는 예로부터 마음을 닦는 장신구로, 믿음과 절개가 변치 않으리라는 징표였으며, 부부가 한 몸을 이룸을 상징했습니다. 가락지와 반지는 신분에 관계없이 모든 계층이 두루 썼고 머리카락이나 노리개 등도 쓰였지요. 하지만 이러한 물건보다 마음을 더욱 애절하게 한 것은 시(詩)였습니다. 조선 시대엔 특히 시인 묵객과 기생의 사랑 이야기가 많이 전해집니다. 양녕 대군은 평양을 유람하다가 어린 기생 정향(丁香)과 사랑에 빠져, 치마 폭에 한시 한 수를 써 줍니다. 기생 황진이가 벽계수와 서화담에게, 이매창이 유희경에게 보낸 사랑의 시도 널리 알려져 있지요. 조선의 시인 최경창과 경성 기생 홍랑이 신분을 초월해 나눈 사랑과 그 징표인 시도 유명합니다.

은가락지, 서울역사박물관 소장.

산버들 가려 꺾어 보냅니다, 임의 손에.
주무시는 창밖에 심어 두고 보소서.
밤비에 새싹이 돋거든 나인 듯 여기소서. _ 홍랑의 시조

끊임없이 마주 보며 그윽한 난(蘭)을 그대에게 주니,
오늘 하늘 저 끝으로 떠나고 나면 언제 다시 돌아오리.
함관령의 옛 노래를 부르지 마소.
지금까지도 비구름에 청산이 어둡나니. _ 최경창의 한시

부부간의 애절한 사랑을 담은 편지도 있습니다. 이응태(李應台, 1556~1586)의 부인이 먼저 세상을 떠난 남편에 대한 애절한 그리움과 사랑을 적어, 자신의 머리카락을 잘라 만든 미투리와 함께 남편의 무덤에 묻은 편지가 그것입니다.

원이 아버님께

당신은 늘 제게 머리가 세도록 살다 함께 죽자고 하시더니, 어이하여 저를 두고 먼저 가셨나요? 저와 아이는 누구의 말을 들으며, 어떻게 살라고 먼저 가셨나요? 저를 향한 당신의 마음은 어찌하고, 또 당신을 향한 저의 마음은 어찌합니까? 한데 누워 저는 당신에게 늘 말했죠. "여보, 남도 우리같이 서로 어여삐 여겨 사랑할까요? 남도 우리 같을까요?" 그런데 어찌 그 일을 잊으시고 절 버리고 먼저 가셨나요? 당신을 여의고는 살 수 없어 빨리 당신에게 가고자 하니 어서 데려가세요. 당신을 향한 마음은 이승에선 잊을 수가 없고 서러운 뜻에 끝이 없으니, 이내 마음은 어디다 두고 자식 데리고 당신을 그리워하며 살 수 있을까 생각합니다. 이 편지 보시면 내 꿈에 와서 말씀해 주세요. …… 나는 꿈에서 당신 볼 것을 믿고 있어요. 몰래 와서 당신 모습 보여 주세요.

_ 병술년 유월 초하룻날 아내가

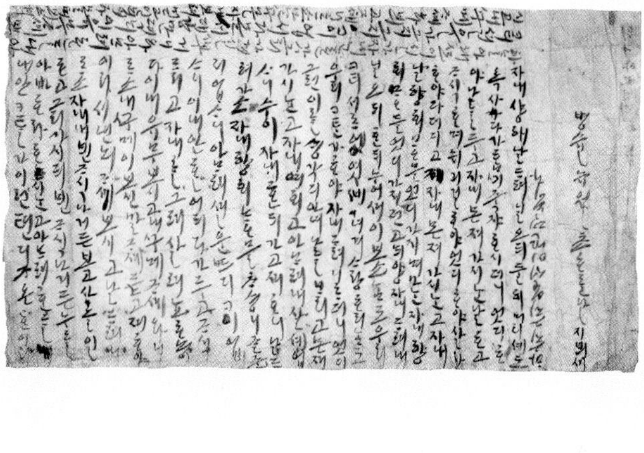

〈원이 엄마 언문 편지〉. 안동대학교박물관 소장.

비단옷과 흰 쌀밥 따위가 내게 무슨 상관이란 말인가

초가지붕 아래서 반 폭짜리 베 이불을 덮고 나물죽을 먹더라도

참다운 사내와 사는 게 인생의 진정한 낙이 아닐까

2

신분을 초월한 연분

이
야
기
:
하
나

담을 넘어 도망친 내시의 아내

충청도 공주에 '구리내'라는 마을이 있었다. 이 마을에 한 늙은 부부가 살고 있었는데, 집안이 대단히 부유했고 자식들도 모두 고을에서 무관으로 있었다. 늙은이도 재물을 써서 당상관의 직첩을 받은 터라, 옥관자를 붙이고 허리에 붉은 대를 두르고 다니며 마을의 어르신 행세를 했다.

서울 사는 선비 하나가 논밭이 충청도에 있어 해마다 오가는데, 도중에 구리내 마을을 지났기 때문에 늘 이 늙은 부부의 집에 들러 묵곤 했다. 이들은 선비가 올 때면 매번 술을 내오고 닭을 잡는 등 정성껏 대접했다. 그러다 보니 사이가 매우 가까워졌다.

노파는 비록 나이가 들었으나 얼굴색이 맑고 고왔으며, 살집도 좋은 편이었다. 익살도 잘 부려 이야기하는 중에 종종 우스갯소리를 잘했지

만, 전혀 상스럽지가 않았다. 그러던 어느 날 저녁에 선비가 늙은 부부와 자리를 마주했는데, 등잔불 밑에 앉았던 노파가 이야기를 꺼냈다. 노파가 홀연 늙은이를 힐끗 쳐다보더니, 입가에 웃음을 머금고는 이런 말을 했다.

"내가 젊었을 적에 어떤 중을 만나 낯부끄러운 짓을 한 적이 있었다우. 그런데 그 중의 꼬락서니가 참 우스웠지."

그러자 늙은이는 눈을 흘기며,

"주책없는 할망구 같으니! 또 해괴한 말을 하고 싶은 게로군."

이라 말하며 나무라는데, 자못 부끄러워하는 기색이 역력했다. 선비는 뭔가 재미난 곡절이 있는 듯하여 웃으며 물었다.

"무슨 이야긴데 그러오? 놀랄 만한 이야기인 듯싶구려."

노파가 크게 웃으며 늙은이에게,

"속시원하게 이야기하지 그러우?"

라며 채근하자, 늙은이는 노파를 타박했다.

"하고 싶으면 제가 할 게지."

그러자 노파는 웃음을 띤 채 말을 이어 나갔다.

내 본디는 서울의 양갓집 딸이었수. 일찍이 부모를 잃고 외삼촌 댁에서 자랐는데, 외숙모는 한 번도 나를 불쌍하게 여기거나 귀여워한 적

- **직첩(職牒)** 조정에서 내리는 벼슬아치의 임명장.
- **옥관자(玉貫子)** 조선 시대 당상관 이상의 벼슬아치가 쓰던 망건에 달린, 옥으로 만든 단추 모양의 고리.

이 없었다우. 그러다 결국 외숙모는 나를 내시의 아내로 시집보내 버리지 않았겠수? 시집을 가서 첫날밤에 이불 안에 함께 누워 자는데, 내시는 그냥 내 몸을 만지기만 합디다. 그때 내 나이가 겨우 열여섯밖에 되지 않은지라, 남녀가 한 이불에 들면 그저 그렇게 하는 것이려니 했다우.

그 뒤 시간이 지나면서 점차 세상 물정을 알게 되니 그만 내시가 싫어졌는데, 그 미움이 날이 갈수록 더 심해집디다. 때로는 같이 누워 있으면 다른 부부들처럼 사랑을 하고픈 욕망이 일어나곤 했지. 점점 원통하고 분한 마음이 가슴에 가득 차올라 훌쩍거리며 많이도 울었수. 화창한 봄이 와서 벌과 나비가 쌍쌍이 날고 수양버들 사이로 꾀꼬리와 제비가 지저귈라치면, 오만 가지 생각이 끓어올라 침상에서 잠을 이룰 수 없었다우.

가만히 생각하면 할수록 이런 마음이 불쑥불쑥 솟더이다.

'비단옷과 흰 쌀밥 따위가 내게 무슨 상관이란 말인가? 초가지붕 아래서 반 폭짜리 베 이불을 덮고 나물죽을 먹더라도 참다운 사내와 사는 게 인생의 진정한 낙이 아닐까? 나는 시집을 갔지만 아직 처녀의 몸이니 차라리 다른 남자에게 도망쳐 인생을 즐기며 사는 게 어떨까?'

이런저런 궁리 끝에 도망갈 방도를 찾았지만, 겹겹의 문과 높은 담에다 단속마저 어지간해야 말이지. 게다가 만일 들키면 목숨마저 빼앗길 지경이라 감히 행하지 못한 채 몇 년이 흘렀다우. 그러다 영 견딜 수 없게 되니 모진 생각이 듭디다.

'이렇게 백 년을 산다 한들 무슨 낙이 있으랴. 차라리 발각되어 죽

는대도 이 안에서 말라 죽는 것보다야 낫지 않겠는가!'

그래서 마음을 다잡고 계획을 세워 몰래 짐을 꾸렸지. 솜을 넣지 않은 옷가지, 비단, 가벼운 패물, 은 수백 냥을 한 꾸러미로 싸고 무게를 가늠해 보니 가지고 도망갈 만했다우. 마침 내시가 숙직인 날을 틈타 새벽종이 막 울릴 무렵 몰래 빠져나와서는, 담 아래 큰 나무에 베를 묶고 거기에 매달려 담을 넘지 않았겠수? 그러고는 곧장 남문으로 내달렸는데, 아직 날이 밝기 전이라 남산 소나무 숲에 몸을 숨기고 있다가 아침을 기다려 도망쳤다우.

평생 문 앞의 길도 밟아 보지 못했는데 처음 가 본 곳의 지름길을 알 턱이 있었겠수? 그저 큰길을 따라 앞만 보고 걸어갈 따름이었지. 그러다가 동작 나루를 건너니 마음이 조금 진정되기에, 곰곰이 생각을 해 보았다우.

'내가 비록 처녀의 몸이지만 이미 머리를 올리고 있으니 누가 나를 정실로 받아 주겠나? 첩살이나 하겠지! 그렇게 되면 정실부인에게 미움이나 받을 것이 뻔한데, 이는 절대로 견딜 수 없는 일일 터. 어떤 사람을 따라간다지?'

그때 문득 머리에 떠오른 생각이, '중을 따라가면 되겠구나.' 하는 거였다우. 다른 한편으론 또 이런 생각도 들지 않겠수?

'내 스스로 골라 취하고 또 버리게 되면, 장차 옛사람을 버리고 새 사람을 만나는 일을 가볍게 여기는 나쁜 버릇이 생길지도 몰라. 양

• **동작 나루** 동작동 쪽의 나루. '동적이'라고도 한다.

갓집 딸자식으로서 결코 그럴 수는 없지. 차라리 길에서 처음 만나는 사람을 따라가자.'

이리저리 궁리를 하는 사이에 어느덧 여우고개를 다 넘어갔는데, 저만치 앞서 중 하나가 길을 가고 있는 게 보였다우. 나는 냉큼 다가가,

"스님, 어디로 가시나요?"

하고 물었지. 중은 나를 돌아보며,

"청주 가는 길이라오."

하더군.

그렇게 말하는 용모가 제법 단정하고 깔끔한 데다, 나이 또한 나와 엇비슷해 보이더란 말이지. 그래 나는 속으로 이것은 진정 하늘이 정해 준 짝이라고 좋아라 하며 중을 졸졸 따라가지 않았겠수? 중이 과천의 주막에 들어가기에 나 역시 따라 들어가 그 옆에 찰싹 붙어 앉았다우. 중은 싫어하며 몸을 피했으나, 나는 그때마다 바싹 다가앉았지. 끼니를 때우고 함께 주막 문을 나서면서 중에게 물었다우.

"스님, 어디 사시우?"

"청주의 어느 절에 있습니다."

"부모님은 계시나요?"

"어머님 한 분만 계시지요."

중은 내가 자꾸 귀찮게 따라붙는 것을 괴이쩍게 여겨 걸음을 재촉했지. 나 역시 힘을 다해 좇아갔수. 중이 힘에 부쳐 천천히 가면 나

• **여우고개** 호현(弧峴)이라고도 하는데, 지금의 서울 사당동과 과천 중간에 있는 남태령을 이른다.

도 천천히 가고, 중이 뛰면 나도 뛰고, 중이 걸으면 나도 걸었지. 쉬어도 같이 쉬고 주막을 만나면 같이 들어가는 사이, 어느덧 사흘이 지나 청주 땅에 다다랐을 때였다우. 덤불이 우거진 길가 큰 숲에 이르러 중이 나무 그늘에 앉아 쉬기에 나 역시 그 옆에 앉았는데, 문득 이런 생각이 들었수.

'이 사람이 일단 절로 들어가고 나면 다시는 내가 찾을 수 없게 되리라. 지금 강제로라도 두 사람의 연을 맺지 않으면 일은 다 어긋나 버리고 말 것이야.'

생각이 여기에 미치자 가만히 있을 수 없어 곧장 중의 팔을 잡아끌었다오. 그러자 중은 크게 놀라며 손을 빼 달아나려고 했지. 하지만 나한테 단단히 잡혀 있으니 달아날 수 있나. 중은 그저 애걸복걸할 뿐이었지.

"보살님, 이 손 좀 제발 놔주시오."

하지만 나는 더 바싹 다가앉고서는 말했다오.

"스님, 이리 와서 한번 앉아 보시오. 내 할 말이 좀 있어요. 당신이 중노릇을 해서 좋은 게 뭐가 있소? 그러지 말고 나와 함께 부부가 되어 살림을 차립시다. 내게는 돈도 수백 냥이나 있다오. 스님이 나와 부부가 되면 아내도 얻고 또 재물도 얻으니 정말 좋은 일이 아니겠소?"

중은 내 말을 듣더니만, 갑자기 얼굴이 온통 빨개지고 목구멍과 입에선 흑흑 하는 소리가 흘러나왔수. 고개를 숙이고 눈물을 흘리는데, 그 모습이 마치 어린아이 우는 것처럼 불쌍해 보였다우. 그래서 내가 그이의 얼굴을 어루만지며 말했지.

"스님, 그러지 말고 나와 잠시만 저리로 가세요."

우린 숲 속으로 가서 꼭 안고 함께 사랑을 나누었는데, 중은 두려움에 떨고 있는 것 같았수. 그러고 나서 내가 다시 이렇게 말했다우.

"우리 두 사람은 이제 부부가 되었어요. 스님은 이미 속세로 돌아와 버렸으니, 다시 절집으로 갈 필요가 있겠소? 나와 함께 바로 스님 집으로 가십시다."

중은 내 말을 따라 함께 길을 나섰지. 둘이 집에 이르고 보니, 시어머니가 될 분이 다 해진 솜으로 만든 웃옷에다 거친 베로 만든 짧은 치마를 입고 처마 밑에 앉아 꼬박꼬박 졸고 있다가, 아들이 오는 것을 보고 이렇게 묻지 않았겠수?

"네 뒤에 있는 처자는 누구냐?"

내가 곧장 앞으로 나아가,

"어머님, 며느리가 인사드리옵니다."

라고 말하며 절을 하니, 그 어머니는 깜짝 놀라 아들을 꾸짖더구먼.

"어디서 이런 천하고 본데없는 여자를 데려왔느냐? 만일 절에 계신 선사님께서 이를 아시어, 네가 십 년 동안 입고 먹은 비용을 내놓으라 하면 그것을 어찌 감당할 것이며, 수년 간의 장리 벼를 갚으라고 하면 어떻게 갚을 수 있겠느냐! 아이고, 네가 정말 나를 말려 죽이려 하는구나."

중의 어머니는 발을 구르고 가슴을 치며 애태우기를 그치지 않더

* **장리(長利)** 돈이나 곡식을 꾸어 주고, 본디 곡식의 절반 이상을 한 해 이자로 받는 것을 이른다.

니 마침내 울음을 터뜨렸지.

"아이고! 먹고사는 것을 전부 절에 의지해 왔는데 이제는 끝장이로구나."

가만 보니 이 노파는 재물로 구워삶을 수 있겠다 싶더군. 나는 바로 짐을 풀어 쪽빛으로 물들인 웃옷과 빛깔 고운 면포 치마 한 벌을 바치며 말했수.

"어머님! 걱정일랑 이제 그만 접으세요. 제가 가지고 온 재물이 좀 있으니, 그 늙은 선사가 온다 하더라도 능히 감당할 수 있습니다."

그러자 중의 어머니는 옷을 받고 묵묵히 있다가 이렇게 말합디다.

"일단 앉아 보거라."

이윽고 날이 저물자 나는 새색시답게 부엌에 들어가 일을 했고, 방에 돌아와 남편과 다정한 밤을 보냈다우. 중은 비로소 부부간에 사랑하는 참다움을 알았고, 둘이 한마음이 되어 사랑을 나누니 어찌 기쁘지 않았겠수?

이야기가 여기에 이르자, 옆에서 빤히 바라보던 늙은이가 핀잔을 주었다.

"부끄러운 줄도 모르는 여편네 같으니!"

이야기를 하는 처음부터 노파는 말하다가 웃고, 웃다가 다시 말을 잇곤 했는데, 강제로 연분을 맺는 대목에 이르자 가만히 듣고 있던 늙은이가 갑자기 성을 버럭 냈다. 하지만 노파가 두 손을 저으며 우스갯소리 하자 늙은이는 어쩔 수 없이 같이 웃고 말았다. 노파는 다시 이야기를 이어 나갔다.

다음 날 무명 두 단을 남편에게 내주면서, 시장에 가 갓과 망건, 가는베로 바꾸어 오게 한 다음, 속세의 남자 옷을 만들어 주었수. 입혀 놓고 보니, 남편은 참으로 젊고 예쁘장한 미남자가 됩디다. 그런 다음, 절에 가서 늙은 선사에게 하직 인사를 드리고 오라 시켰더니, 그 늙은 선사가 곧장 우리 집 문 앞까지 따라왔지 뭐겠수? 큰 덩치로 씩씩거리며 들어오는데, 한 번도 깎지 않았는지 수염이 얼굴에 가득했고 몰골이 무척 혐오스러웠다우.

늙은 선사가 소리를 버럭 지르며 이렇게 말했수.

"할멈! 자식을 내게 주어 놓고 다시 빼앗아 가는 것은 무슨 경우요? 아들이 십 년 동안 입고 먹은 비용과 수년 동안의 장리를 즉시 나에게 돌려주지 않으면 오늘 반드시 큰 화를 당할 것이니 두고 보시오!"

시어머니가 벌벌 떨며 감히 대꾸하지 못하기에, 나는 부엌에 있다 뛰쳐나가 곧장 선사의 앞으로 가서는 그놈의 귀를 붙잡고 뺨을 갈기며 이렇게 말했다우.

"이 사람은 본래 내 남편인데 대관절 너랑 무슨 상관이 있더란 말이냐? 어떻게 생겨 먹은 고약한 중놈이 감히 이리도 당돌하게 구는 게냐! 썩 물러가지 않으면 네 대머리를 부셔 놓고 말 테다!"

그러고서는 연달아 따귀를 때리니, 늙은 선사가 뺨을 부여잡고 아파 어쩔 줄 모르며,

"이리 같은 년! 나쁜 년! 무서운 년!"

하고 욕지거릴 연발하면서 급히 도망가더니만, 그 뒤로는 다시 오지 않았다우.

그 뒤, 이 마을로 이사를 와서 전장을 가꾸며 오십여 년을 함께 살았지. 그동안 아들딸 낳아 자손들은 줄을 이었고, 곡식은 창고를 가득 채웠으며, 소와 말 들도 외양간에 가득하다오. 그러니 그 중이 참으로 다복한 사람이 아니겠수?

노파는 이야기를 마치고는 다시 크게 웃었다.

전장(田莊) 개인이 소유하는 논밭.

이야기 … 둘

운명처럼 만난
소복 입은 여인

영남에 한 선비가 살았다. 선비는 향시에는 벌써 열대여섯 번이나 합격했지만, 회시를 치르면 번번이 시험관의 눈에 들지 못했다. 그러다 보니 집안 살림도 점차 기울어 형편없었다.

선비는 회시를 보러 갈 때마다 고향이 같은 김씨에게 점을 보았는데, 매번 이롭지 못하다는 점괘가 나왔다. 처음에는 믿지 않았으나, 결과는 늘 그의 말대로였다.

선비는 늦게 정시 소식을 듣고 또 김씨에게 성패 여부를 물었다. 김씨는 괘를 뽑아 보더니 말했다.

"이번 과거 길에는 장원 급제는 고사하고 큰 액운이 닥칠 것이오. 이거야 참, 야단인걸!"

선비가 애원했다.

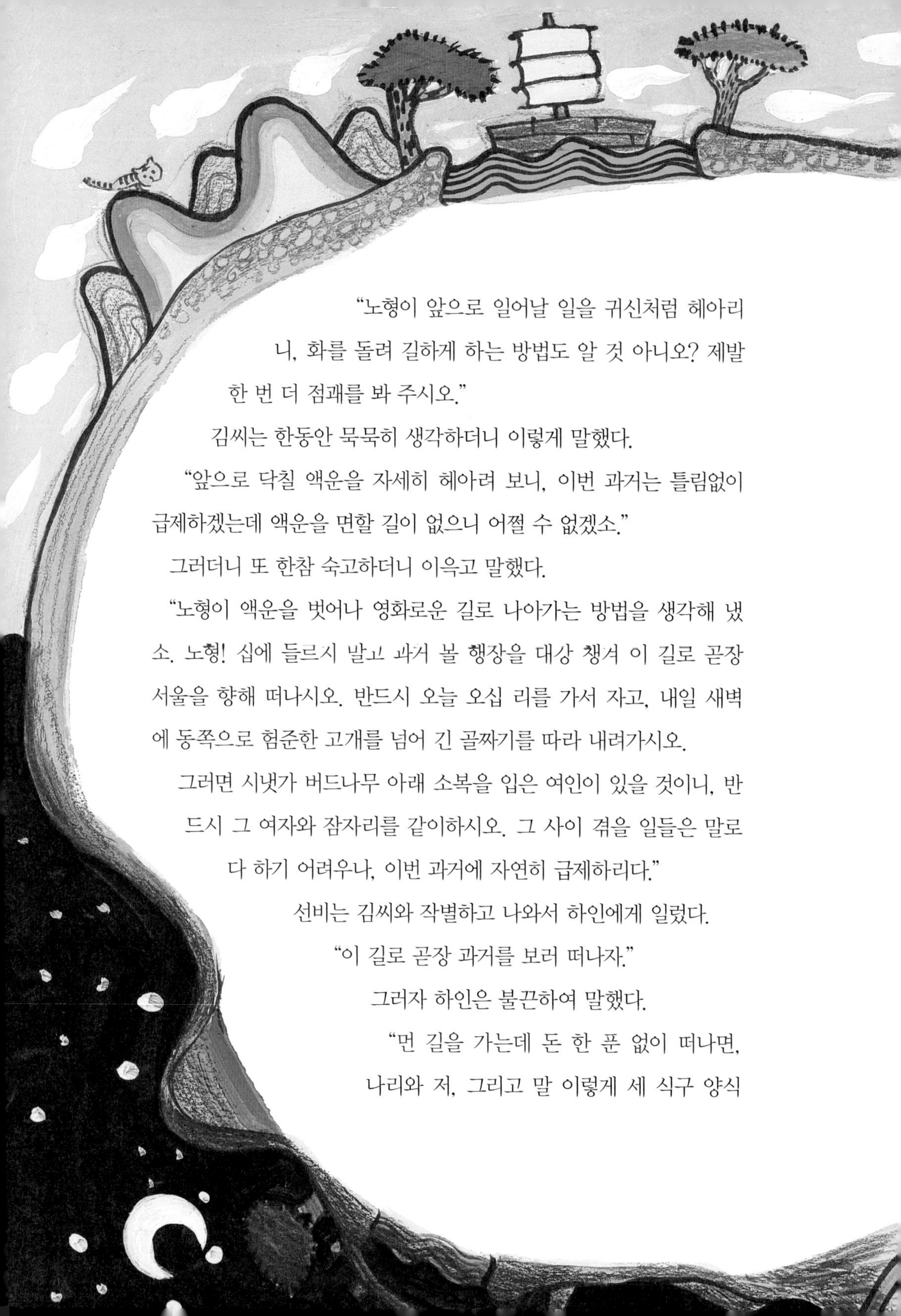

"노형이 앞으로 일어날 일을 귀신처럼 헤아리니, 화를 돌려 길하게 하는 방법도 알 것 아니오? 제발 한 번 더 점괘를 봐 주시오."

김씨는 한동안 묵묵히 생각하더니 이렇게 말했다.

"앞으로 닥칠 액운을 자세히 헤아려 보니, 이번 과거는 틀림없이 급제하겠는데 액운을 면할 길이 없으니 어쩔 수 없겠소."

그러더니 또 한참 숙고하더니 이윽고 말했다.

"노형이 액운을 벗어나 영화로운 길로 나아가는 방법을 생각해 냈소. 노형! 집에 들르지 말고 과거 볼 행장을 대강 챙겨 이 길로 곧장 서울을 향해 떠나시오. 반드시 오늘 오십 리를 가서 자고, 내일 새벽에 동쪽으로 험준한 고개를 넘어 긴 골짜기를 따라 내려가시오.

그러면 시냇가 버드나무 아래 소복을 입은 여인이 있을 것이니, 반드시 그 여자와 잠자리를 같이하시오. 그 사이 겪을 일들은 말로 다 하기 어려우나, 이번 과거에 자연히 급제하리다."

선비는 김씨와 작별하고 나와서 하인에게 일렀다.

"이 길로 곧장 과거를 보러 떠나자."

그러자 하인은 불끈하여 말했다.

"먼 길을 가는데 돈 한 푼 없이 떠나면, 나리와 저, 그리고 말 이렇게 세 식구 양식

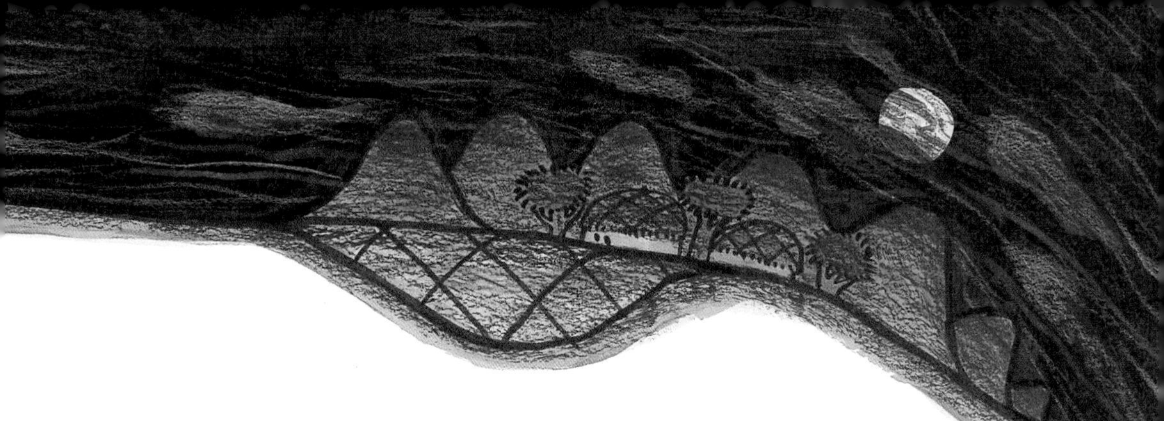

은 어찌 대시렵니까? 우선 집에 돌아가서 행장을 챙겨 가지고 천천히 떠납시다."

선비는 하인을 타일렀다.

"지난 세월 과거 본 일을 돌아보면 김 생원의 점괘가 조금도 틀리지 않았더니라. 이번 김 생원의 점괘에 오늘 당장 떠나면 급제할 희망이 있다 하거니와, 그러지 않으면 꼭 죽을 운이라는구나. 나는 이 말이 망령스럽고 황당한 소리가 아닌 듯싶구나. 죽을지 살지 모르는 판국인데, 행장 따위를 느긋이 챙길 겨를이 있겠느냐?"

하며 곧바로 나서니, 하인은 마지못해 따라갔다.

앞서 들은 대로 오십 리를 내달아 날이 어둑어둑해서야 주막에 당도했는데, 사람도 말도 모두 배를 주린 채였다. 이튿날 새벽, 동으로 고개를 넘으니 과연 땅의 모양새가 김씨가 말한 그대로였다. 배는 몹시 고팠으나 마음만은 적잖이 기꺼운 바가 있었다.

골짜기를 지나 내려가자, 큰 마을 앞 시냇가 버드나무 그늘 밑에

- **향시(鄕試)** 조선 시대, 지방에서 시행하던 과거의 초시(初試). 여기에 합격해야 회시를 치를 수 있다.
- **회시(會試)** 초시에 합격한 사람이 이차로 보던 시험.
- **정시(庭試)** 조선 시대, 나라에 경사가 있을 때 보던 시험.

빨래하는 노파 옆으로 소복 입은 젊은 여인이 있었다. 겉모습이 단정하고 아름다운데, 말에 탄 선비를 살짝 쳐다보고는 당황해 했다. 여인은 노파를 불러 재촉하더니 부지런히 빨래를 이고 마을로 돌아갔다. 선비가 급히 뒤를 쫓았으나, 소복 입은 여인은 얼른 자기 집 중문으로 들어가 문을 닫아 버렸다.

선비는 사랑 앞에 이르러 말에서 내렸다. 명색이 사랑이지 인적조차 없고 마루에는 먼지만 가득했다. 선비는 말을 뜰 앞 나무에 매어 두고 먼지투성이 마루로 올라앉았으나 아무런 기척이 없었다.

한참 뒤에 옆집에서 한 늙은이가 오더니 선비에게 물었다.

"어디서 오신 길손이 이 빈 사랑에 드시려 하오? 여긴 혼자된 내 며느리 집이라오. 주인 노릇할 만한 남정네가 없으니, 내 거처로 가서 머물다 가시지요."

그러자 선비는 이렇게 대답했다.

"사람과 말을 접대하는 일로 이 댁에 폐를 끼칠 생각은 없소이다. 다만 여기 마루 한쪽을 빌려 쉬다가 날이 새기를 기다려 떠나려 하오. 뜻한 바 있어 노인장 따라가기를 원치 않소이다."

노인은 거듭 여기에 머물 수 없다는 뜻을 내비쳤으나, 나그네가 기어이 따르지 않으니 매우 못마땅한 기색을 보이고 돌아갔다.

드디어 해가 저물어 밤이 되었다. 한밤중에 선비가 하인에게 말했다.

"내 마땅히 구멍을 뚫어서라도 이 집 내실로 들어갈 것이야. 만약 내가 들어간 뒤 왁자지껄하게 소리가 나면, 이는 내 목숨이 결딴나는 상황일 것이니 너는 있는 힘을 다해 급히 도망가거라. 너까지 따라 죽어야 할 이유가 없지 않느냐."

그 집은 담이 높고 견고한 데다 중문에 자물쇠를 채워 놓아 들어갈 방도가 없었다. 선비는 담 밑을 빙빙 돌다가, 담 밑으로 난 조그만 구멍을 발견하고는 옷을 걷고 몸을 움츠려 간신히 뚫고 들어갔다.

안으로 들어가 보니 겹겹이 집과 방이라 사람의 정신을 어지럽게 했다. 창문 옆에 붙은 마구간에 준마 한 필이 매여 있었는데, 그 말이 사람을 보자 울음소리를 냈다. 선비는 와락 두려운 마음이 들어 조심조심 말 앞을 지나 벽에 몸을 바싹 붙인 채 다가갔다. 등불이 비치는 방에 문구멍을 내어 들여다보니, 횃대에 소복이 걸려 있고 방바닥에 흰 비단 이불이 깔려 있었지만 사람은 없었다. 그곳이 과부의 침실인 듯했는데 등불만 켜져 있을 따름이었다.

선비가 건넌방으로 살금살금 가서 엿들으니, 어떤 부인이 애들을 데리고 재미난 이야기를 주고받고 있었고, 과부도 거기에 끼어 말참견을 하고 있었다. 방 주인은 혼자된 여자의 시누이로 보였다.

선비는 가만히 생각을 했다.

'저 여자는 반드시 자기 방으로 되돌아오겠지?'

선비는 먼저 그 방으로 들어가 등불을 끄고 가만히 누워 한참을 기다렸다. 이윽고 과부가 자기 방으로 되돌아와 방문을 열어 보고는 섬뜩해 하며 혼잣말로 중얼거렸다.

- **중문(中門)** 가운데 뜰로 들어가는 대문.
- **사랑(舍廊)** 안채와 떨어져 있으며 바깥주인이 거처하며 손님을 접대하는 곳.

"어머나! 등불이 저절로 꺼지지는 않았을 테고…… 참으로 이상하네."

과부가 선뜻 방으로 들어오지 못한 채 혀를 차며 망설이자, 선비는 어둠 속에서 몹시 마음을 졸였다.

이윽고 과부가 방으로 들어와 길게 한숨을 내쉬고는 이불 속에 드러누웠다. 그러자 선비는 인기척을 내며 말했다.

"여기 사람이 들어와 있소."

과부는 깜짝 놀라 일어서며 말했다.

"아닌 밤중에 누가 감히 남의 방에 몰래 들어온단 말이오?"

선비는 애걸을 하며 나지막하게 말했다.

"당신을 욕보이고자 함이 아니라 딱한 사정이 있어 그런 것이오. 부디 큰 소리를 내지 말고 우선 내 이야기를 한 번만 들어주시구려."

"그리하지요."

하고 과부가 대답하자, 선비는 전후 사정을 모두 이야기했다. 이를 다 듣고 난 과부는 이렇게 말했다.

"이것은 하늘이 시킨 일이로군요. 제가 어찌 하늘의 뜻을 어길 수 있겠사옵니까? 저는 어느 고을에 사는 부자의 딸이었는데, 열여섯에 이 댁 큰아들에게 시집을 왔습니다. 그런데 그 이듬해에 남편을 여의고 말았습니다. 창밖에 매여 있는 말은 제 남편이 아끼던 것이라 저는 손수 저 말을 기르며 죽은 남편 대하듯 하지요. 올해 제 나이 열아홉인데 목숨을 다하기까지 절개를 지키리라 굳은 결심을 했습니다. 그러다 간밤에 꿈을 꾸었는데, 동구 앞 냇물에 황룡이 서쪽에서 내려오더니 문득 사람으로 변신을 하는 겁니다. 곁에 섰던 어떤 사람이 제게 이런 말을 하더군요.

'저 사람이 바로 네 지아비이니, 장차 귀하고 길하게 되리라.'

문득 깨어 보니 꿈속의 일들이 생생하게 다 기억이 났습니다. 오늘 아침에 과연 꿈이 맞는지 확인해 보려고 할멈을 시켜 빨래를 이고 냇가로 나가 보았지요. 이윽고 말 탄 손님이 오시기에 눈을 들어 얼핏 보니, 꿈에서 황룡이 변신하여 나타난 사람과 조금도 다름이 없더군요. 놀랍고 이상한 일이라 얼른 들어와 버렸지만, 종일 마음이 놓이지 않았답니다. 다만 저를 따라 이 집 사랑에 온 길손이 필시 아침나절에 말을 탄 사람이겠거니 짐작을 하고 있었지요.

아까 시누이 방에서 돌아올 때 등불이 꺼져 있는 걸 보고 누군가 방에 들어와 있다는 생각을 했습니다. 머뭇거리는 사이에 제가 만약 소리라도 질렀다면, 호랑이같이 드센 젊은 시동생들이 득달같이 달려와 길손을 육장 내고 말았을 것입니다. 제가 소리를 내지 않았던 것은 아무래도 마음에 짚이는 데가 있어서 그런 것이지요. 지금 길손의 말씀을 듣고 보니 그 점괘가 제 꿈속의 일과 너무도 흡사하군요. 이 어찌 하늘이 점지해 준 것이 아니겠습니까?"

말을 마치고 두 사람은 밤을 함께 보냈다. 새벽이 되자 과부는 일어나라고 재촉하며 말했다.

"낭군의 급제는 이미 정해져 있으니, 반드시 그렇게 될 것입니다. 그

* **육장(肉醬)** 새나 짐승의 고기를 끓인 국물. 초주검이 되도록 몹시 때린다는 뜻으로 쓰인다.

러나 늙고 둔한 말로는 서울에 가는 것조차 힘에 겨울 것이고, 노자를 넉넉히 지닌 연후라야 큰일을 이룰 수 있을 것입니다. 하오니 제가 노잣돈을 마련해 보겠습니다."

과부는 등불을 들고 벽장으로 올라가서는 포목과 비단과 돈을 잔뜩 꺼내 짐을 꾸렸다. 그러고는 마구간의 준마를 끌어내 선비의 하인에게 넘겨주며 어느 주막에서 기다리도록 분부한 다음, 선비에게 돌아와 말했다.

"말에 짐을 실려 하인을 먼저 주막으로 보냈으니, 낭군님은 처음 계시던 사랑마루에 앉아 계셨다가 잠시만 곤경을 겪으신 뒤에 천천히 출발하시지요."

선비가 말을 듣고는 사랑으로 나가자, 과부는 다시 중문을 닫아걸고는 즉시 남상의 취약한 곳 한 모퉁이를 허물어 도적이 말을 훔쳐 간 것처럼 꾸며 놓았다.

날이 새자 과부는 문득 통곡을 하며 넋두리를 늘어놓았다.

"내가 여태껏 말을 돌아가신 남편 대하듯 했더니만, 어떤 놈의 도둑이 훔쳐 갔더란 말이냐? 이 일을 어찌하면 좋단 말인가! 슬픈 마음이 남편의 초상 때와 무에 다르리!"

곡성을 듣고 과부의 시아버지와 시동생을 비롯한 여러 사람이 일제히 달려 나오더니, 선비에게 화를 내며 욕을 했다.

"이놈이 우리 집으로 안 가겠다고 기어이 버틸 때 벌써 일을 낼 줄로 내 짐작했느니라. 네놈이 우리 준마를 훔쳐 간 게 틀림없다. 너 같은 도둑놈은 때려죽여야 마땅할 것이야."

이렇게 소리를 치고는 몽둥이를 들고 때릴 기세로 덤벼들었다. 그러나 선비는 공손히 그들에게 말했다.

"내가 만약 말을 훔쳤으면, 야밤을 틈타 도망을 하는 것이 사리에 옳지 않겠소? 무엇 때문에 여기 남아서 이런 곤욕을 당하고 있겠소이까?"

그러자 혈기가 왕성한 시동생들이 말했다.

"네 하인 놈은 어디 갔느냐?"

"내가 잠든 사이에 도망쳐 나도 어디 갔는지 모르오. 하인도 없이 말을 타야 하니, 나 역시 매우 난처하게 되어 버렸소. 지금 듣고 보니 내가 종놈을 시켜 말을 훔쳤다는 말이 그럴듯하구려. 사정이 이리되었으니 죽이든 살리든 그대들 마음대로 하시오."

노인은,

"듣고 보니 손님 말씀도 옳소. 말을 훔쳤으면 곧장 도망칠 테지, '날 잡아 죽이시오.' 하고 가만히 앉았을 리가 있겠나?"

라고 말하고 이어서,

"말은 기왕 잃어버린 게고, 길손은 어제부터 계속 굶으셨으니 견디기 힘드실 듯하오. 우리 집에 가서 아침이나 드십시다."

라고 하더니, 길손을 이끌고 가 융숭히 대접하는 것이었다.

이윽고 선비는 노인에게 고마움을 표하고 길을 떠났다. 사십 리를 가서 한 주막에 다다르니, 하인이 말과 재물을 가지고 기다리고 있었다.

하인은 아까 과부의 집에서 쿨쿨 자던 중에 과부가 깨우는 소리를 듣고 주인이 화를 당했나 싶어 와락 겁을 먹었다. 그러나 이내 주인과 과부 사이에 월노승이 맺어지고 나는 듯 빠른 말까지 얻어 근심이 즐거움으로 바뀌었음을 듣고는, 야심한 산길에 호랑이한테 잡아먹힐 걱정도 잊은 채 신나게 말을 달려 주막에 와 기다리고 있던 참이었다.

선비는 과거 기일에 맞춰 서울에 다다랐다. 하늘이 돕고 사람이 도우니 길에서 지푸라기를 줍듯 과거에 급제하여 홍패를 차게 되었다.

과거 급제자의 방이 나붙자 선비는 귀향길에 올랐는데, 어느 곳에 이르자 길가에 사람들 네댓이 기다리고 섰다가 이렇게 물었다.

"과거 급제한 행차가 모 고을 모 선다님이온지요?"

"그렇다네."

알고 보니 그들은 그 근방에 있는 과부의 친정에서 보낸 사람들이었다. 선비를 만난 후, 과부는 시집에서 나와 친정으로 돌아가 있다가 선비의 행자를 맞을 순비를 하고 도중에 사람을 보낸 것이었다.

풍악을 성대히 울리며 과거 급제자의 행차가 과부의 친정에 이르렀다. 해를 가리는 장막이 높이 쳐 있고 친족들이 많이 모여 있는 양이 마치 사위를 맞이하는 광경과 다를 바 없었다. 선비와 과부는 부부의 연을 맺어 평생토록 금실이 좋았으며 부귀를 누렸다고 한다.

- **월노승**(月老繩) 남녀의 인연을 맺어 준다는 월하노인(月下老人)이 지닌 주머니의 붉은 끈.
- **선다님** 조선 시대에 문과나 무과에 급제하고 아직 벼슬에 오르지 못한 사람을 이르는 선달(先達)을 높여 부르는 말.

이야기 : 셋

우하형과 죽음까지도
함께한 여종

평산 출신의 병사 우하형은 본래 몹시 가난한 무관이었다. 그가 평안도 어느 고을에서 수자리를 살던 무렵의 일이다. 기생 노릇을 하다 관아에서 수급비로 있게 된 한 여자를 얻어 함께 지냈는데, 하루는 여자가 말했다.

"선다님이 저를 첩으로 삼으셨는데, 무슨 재물로 먹여 살리시렵니까?"

"객지에 나와 사는 고단한 처지에 너를 가까이 두려 했던 건 옷이나 빨고 떨어진 옷가지 깁는 일이나 돕게 할 양이었다. 나 같은 빈털터리가 무슨 재주로 널 호강시키겠느냐?"

"선다님을 모시어 철따라 옷가지를 제대로 입으시도록 하는 것이 제 직분인데, 어찌 마련하면 좋을까요?"

"그런 것을 어찌 감히 바라겠느냐? 그렇게까지 생각할 것은 없구나."

그러나 여자는 바느질과 길쌈을 부지런히 하여 음식과 의복을 바치는 데 소홀함이 없었다.

우하형이 수자리의 햇수가 차서 다른 곳으로 떠나게 되자, 여자가 물었다.

"선다님, 여기서 돌아가시면 서울로 가서 벼슬자리를 구하시렵니까?"

"글쎄다. 가진 게 없어 끼니도 못

잇는 처지에 행장이며 식량을 어떻게 마련하여 서울에 간단 말이냐? 그저 평산 시골로 들어가 오두막집에서 늙어 죽을밖에."

"제가 선다님의 관상을 보니 결코 의지할 데 없이 외로울 분이 아니옵니다. 나중에 병사 한자리는 넉넉히 하실 분입니다. 제게 평생 노력하여 모은 은전 육백 냥이 있습니다. 이것으로 행장을 꾸리고 말과 의

- **평산**(平山) 황해도에 있는 고을 이름.
- **병사**(兵使) 병마절도사의 줄임말로, 각 지방의 병마를 지휘하던 종이품의 무관 벼슬.
- **수자리** 국경을 지키는 일. 혹은 그 일을 하는 병사.
- **수급비**(水汲婢) 관아에 속하여 물을 긷는 일을 맡아 하던 여자 종.

복을 준비하여 서울로 가서 일을 도모하시지요. 저는 본디 천한 몸이라 선다님을 기다리며 홀로 수절하기가 어려울 것입니다. 아무개의 집에 잠깐 몸을 의지해 있다가, 선다님이 이곳 수령으로 부임하시는 날이 오면 당장 동헌으로 달려가 뵙겠습니다."

우하형은 뜻밖에 많은 재물을 얻은 데다 여자의 의로운 기개와 분별력에 감동해 한편으로는 놀랍고 또 한편으로는 서글픈 마음으로 뒤에 만날 기약을 굳게 하고 길을 떠났다.

우하형이 떠난 뒤, 여자는 홀아비로 지내는 장교 집으로 찾아갔다. 장교는 여자가 어리석어 보이지 않자 후처로 삼았다. 이에 여자가 말했다.

"전 부인께서 하던 살림을 제게 맡기시니 그냥 어름어름 받을 수는 없네요. 집에 있는 기물과 곡물, 포목의 숫자를 정확히 징부에 기록해 제게 넘겨주세요."

"아니, 여보게! 우리가 부부가 되어 해로하며 살려는 마당에 어찌 서로 의심을 두어 재산 장부 따위를 주고받는단 말인가?"

장교는 여자가 한사코 청하자 그 말대로 해 주었다.

여자가 재산을 야무지게 관리해 날로 불어나자 장교는 더욱 여자를 애지중지했다.

하루는 여자가 장교에게 말했다.

"제가 대강 글을 깨쳤는데 조보에 실린 조정의 일을 읽어 보니 재미있더군요. 우리 읍에 오는 조보를 좀 빌려다 주실 수 있나요?"

장교는 조보가 올 때마다 빌려다가 여자에게 보여 주었다.

몇 년이 지나지 않아 정목에서 우하형의 이름을 발견한 여자는 마음이 매우 흡족했다.

이럭저럭 칠 년이 지나 우하형은 평안도 어느 고을의 수령으로 제수되었고 얼마 지나지 않아서 조보에 '아무 고을의 원, 우하형이 조정을 하직하고 부임하리라.'라는 글이 실렸다.

그 글을 읽은 여자가 장교에게 말했다.

"애당초 저는 여기서 오래 머물 생각이 아니었어요. 오늘이 우리가 헤어지는 날입니다."

장교는 깜짝 놀라 어찌할 바를 몰랐으나, 여자의 굳은 마음을 되돌릴 재간이 없었다.

여자는 장교에게 자신이 온 뒤 처음부터 이제껏 일일이 기록한 재산 장부를 보여 주며 말했다.

"제가 칠 년 동안 당신 집의 살림을 맡아 표주박 하나, 사발 한 개라도 줄었다면 마땅히 부끄러울 일입니다만, 하나가 둘이 되고, 둘이 셋이 되고, 다섯이 열이 되었으니, 직분을 다한 셈입니다. 하여 떠나는 제 마음도 매우 흐뭇합니다."

여자는 그날로 장교와 작별하고 자기가 데려다 기른 거지 아이에게

* **동헌(東軒)** 지방 관아의 수령들이 공무를 보던 중심 건물.
* **장교(將校)** 조선 시대에 각 군영과 지방 관아의 군대 업무에 종사하던 낮은 벼슬아치.
* **조보(朝報)** 조선 시대에 승정원에서 나라의 재결 사항을 기록하고 서사(書寫)하여 반포하던 관보. 조정의 결정 사항, 관리의 임명과 면직, 지방관의 보고를 비롯하여 사회에서 일어나는 사건을 실었다.
* **정목(政目)** 조선 시대에 벼슬아치의 임명과 해임을 적어 놓은 문서.

짐을 지우고는 패랭이를 쓰고 남자의 옷을 입은 채 우하형의 고을을 찾아갔다. 우하형이 고을에 부임한 지 겨우 사흘째 되는 날이었다.

여자는 소원이 있는 백성이라 하고, 관아의 마당으로 들어가 동헌의 계단 아래 서서 말했다.

"비밀히 아뢸 일이 있사오니, 계단 위에 오를 수 있게 허락해 주옵소서."

우하형이 의아해 하며 허락했더니, 다시 동헌으로 올라서기를 청하고, 또다시 방으로 들어가기를 청하는 것이었다. 여자의 청을 이상히 여기면서도 우하형은 여자를 방으로 데리고 들어갔다. 마침내 여자가 고개를 들고 말했다.

"나리, 저를 알아보시겠사옵니까?"

"방금 부임한 내가 고을 백성을 어찌 알아본단 말인가?"

그러자 여자는 본디 모습을 갖추고 말했다.

"아무 고을에 계실 때 여러 해 모셨던 제가 기억 안 나십니까?"

우하형은 그제야 크게 놀라고 기뻐하며 말했다.

"부임하자마자 곧바로 네가 찾아오다니 참으로 신기한 일이구나."

"이별할 때 기약한 대로 저는 벌써 오늘을 예상했습니다. 신기할 게 무에 있겠습니까?"

우하형은 마침 혼자 몸이어서 여자를 안채에 머물게 하고, 정실로

• 소원(訴願) 위법하고 부당한 일을 당하여 호소하고 청원하는 일.

대우하며 자식과 며느리들에게 명을 받도록 했다. 여자는 집안을 돌보고 자식이나 종들에게도 적당한 도리를 다해 대하니 집안에 칭찬이 자자했다.

여자는 늘 우하형에게 부탁하여 조보를 받아 보았는데, 조보를 통해서 조정 일을 헤아리고 있었다. 전관이 누가 될지 정확하게 예측해, 우하형에게 미리 손을 쓰도록 했다. 우하형이 평안도 재물을 모아 전관이 될 사람에게 정성으로 바치니, 실로 그 효험이 대단했다. 그 사람이 실제로 전관이 된 뒤, 우하형을 적극 천거한 덕에 평안도 본도 안에서만 여섯 고을의 원을 지냈다. 또한 봉급이 점차 늘어 윗자리에 있는 사람을 섬기는 일에도 더욱 힘쓰니 앞날이 날로 밝아졌고, 순조롭게 승진해 마침내 벼슬이 절도사에 이르렀다.

우하형이 일흔의 나이로 세상을 떠나자 여자는 우하형의 아들을 위로하며 말했다.

"영감께서는 시골 무관에서 출발해 장군 다음의 직위에 이르렀고, 일흔 살까지 사셨으니 아쉬움이 없으실 것이네. 그러니 자네들도 크게 슬퍼 말게나. 공치사를 하려는 건 아니네만, 지아비를 섬기매 오랫동안 벼슬길을 도와서 높은 지위에 이르시도록 했으니, 나 역시 소임을 다했다 할 수 있지 않겠는가? 나 또한 무엇을 슬퍼하리."

성복이 지나자 여자가 말했다.

"영감이 살아 계실 적에는 내가 살림을 도맡았지만, 영감이 돌아가신 지금이야 큰며느리가 마땅히 이 집의 주인이 될 것이네. 나는 서모에 불과하니 앞으로는 집안 살림을 큰며느리에게 맡기겠네."

그러면서 창고에 저장하고 장롱 속에 넣어 둔 재물을 정리한 장부와 열쇠를 함께 내주자, 큰며느리가 울면서 사양하며 말했다.

"서모님이 우리 집에 얼마나 공로가 많으셨고, 얼마나 애쓰셨습니까? 이제 아버님이 세상을 떠나셨으니, 저희는 서모님을 아버님처럼 모시고자 합니다. 여태 해 오신 대로 집안을 이끌어 주시지, 왜 그런 말씀을 하십니까?"

그러나 여자는 며느리에게 기어이 살림을 맡겼다.

"나는 오늘부터 큰방을 내놓고 건넌방으로 가서 지내려네."

하며 건넌방을 치우고 들어가서는 '이제 다시는 문을 나가지 않으리라.' 하고 다짐을 한 뒤 방문에 자물쇠를 채우더니 곡기를 끊어 죽고 말았다.

우하형의 아들이 말했다.

"우리 서모님처럼 어진 분께 남들이 하듯 첩의 예우를 할 수는 없는 일. 마땅히 삼월장을 지내고 별묘에서 제사를 지낼 것이다."

아들이 우선 우하형의 장례를 지내기 위해 발인을 할 때였다. 상여꾼이 많았는데도 상여가 무거워 움직이질 못했다. 그러자 상여꾼들이 두런거리기를,

* **전관**(銓官) 조선 시대에 문관과 무관을 선발하는 일을 맡아보던 벼슬아치.
* **성복**(成服) 장례 절차의 하나로 초상이 났을 때 처음으로 상복을 입는 것을 말한다. 보통 초상난 지 나흘 되는 날부터 입는다.
* **서모**(庶母) 아버지의 첩.
* **삼월장**(三月葬) 죽은 지 석 달 만에 지내는 장사.
* **별묘**(別廟) 한 집안의 사당에서 받들 수 없는 신주(神主)를 모시기 위하여 따로 둔 사당.
* **발인**(發靷) 장사를 지낼 때, 상여가 집에서 떠나는 것을 말한다.

“사람의 힘이 부족한 것이 아니라, 영감님의 혼령이 작은 마나님과 떨어지지 않으려고 이러시는 겁니다.”

하여 아들이 급히 서모의 상여를 꾸며 함께 발인하니, 그제야 우하형의 상여도 움직여 잘 갔다고 한다.

혼인의 역사

형이 죽으면, 형수를 아내로 삼는다고?

이 책에는 여성의 혼인과 관련된 이야기가 많습니다. 남녀가 서로 사랑하고 혼인을 하던 방식은 시대마다 조금씩 달랐다고 합니다. 우리 선조들의 만남과 결혼은 어떻게 이루어졌는지 혼인의 역사를 한번 살펴볼까요?

고대의 혼인

고구려에서는 혼인을 하기로 하면, 여자의 집 뒤켠에 작은 사위집(서옥, 壻屋)을 지어 일정 기간 지내다가, 아이를 낳아 그 아이가 자라면 남자가 아이와 처를 자기 집으로 데려가는 풍속이 있었습니다. 옥저에는 장차 며느리를 삼으려고 계집아이를 데려와 기르던 민며느리제가 있었고, 부여에는 형이 죽으면 형수를 아내로 삼는 취수혼이 있었습니다. 한편, 신라에서는 근친혼이 행해졌지요. 고대 사회는 신분제 사회인데다 공동체를 유지하기 위해 친족 집단의 결속을 중시했기 때문에 근친혼을 금기시하지 않았습니다.

고구려 쌍영총 벽화 중 무덤 주인 부부도, 국립중앙박물관 소장.

고려 시대의 혼인

고려 왕실에서는 일부다처제, 자매가 한 왕에게 시집가는 자매혼과 근친혼, 자유혼이 고루 행해졌습니다. 민간에서는 같은 신분끼리 혼인하는 것이 일반적이었고, 중혼을 금지하는 등 기본적으로는 일부일처제 사회였으나, 여성에게 일부종사를 강요하거나 개가를 금지하지 않아 이혼과 재혼도 가능했으며, 남녀 사이의 만남도 자유로웠습니다. 고려 시대에는 대외 무역이 활발해지면서 국제혼도 이루어졌습니다. 초기에는 후삼국이나 발해 사람들과, 후기에는 송, 거란, 여진 사람들과의 결혼이 이루어졌으며 원나라 간섭 시기에는 원나라 사람들과 혼인하는 사례도 빈번했습니다.

조선 시대의 혼인

조선 시대 역시 일부일처제 사회였습니다. 첩을 두는 것을 허용하되, 처는 오직 하나라 하여 조강지처를 함부로 버리면 도덕적으로 지탄을 받았습니다. 또한 동성끼리의 혼인을 금지하고 상중에도 결혼을 금지했지요. 왕비나 왕세자비 간택을 위한 금혼령이 내려지면 역시 혼인이 금지되었지요. 사치스러운 혼인, 과부의 재가, 양민과 천민 사이의 혼인도 금지되는 등 규제 조항이 많았습니다. 유학을 숭상한 조선은 《주자가례》에 나오는 '친영(親迎)'을 도입하려고 했습니다. 친영은 남자가 처갓집에서 사는 일 없이 신부를 직접 맞아들이는 것입니다. 처가살이하는 고구려의 풍속이 조선까지 이어졌기 때문에 이를 없애려 했다고도 볼 수 있습니다.

조선 시대의 이혼

서민들은 칼로 옷섶을 베어 그 조각을 상대방에게 줌으로써 이혼의 징표로 삼았습니다. 겹쳐져야 할 겉섶과 안섶 중 하나를 잘라냄으로써 이혼을 상징적으로 표현한 것이지요. 이를 할급휴서(割給休書)라 했습니다. 원래는 양반 남자가 아내에게 써 주는 사사로운 이혼 문서를 휴서라 했는데, 글을 모르는 평민들이 옷섶으로 그것을 대신하면서 '휴서'가 와전되어 '수세'로 변했답니다. 할급휴서는 서로가 원치 않으나 남의 이목 때문에 부득이 헤어질 수밖에 없는 경우 대개 남자가 여자의 장래를 위해 주었으며, 이 증서를 가진 여자들은 다시 결혼할 수 있었습니다.

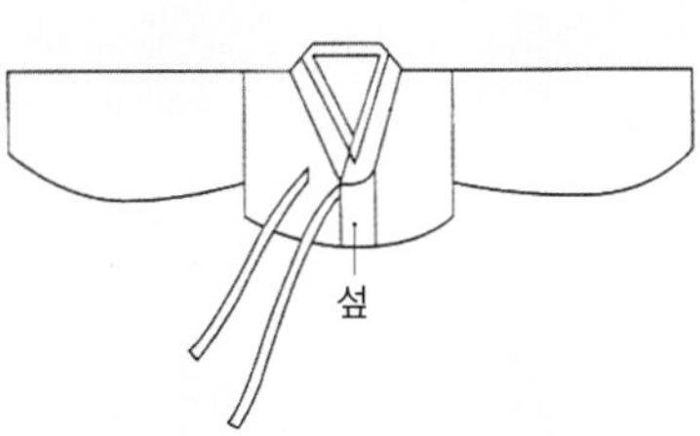

그때 놀던 일이 꿈만 같고 뒤에 만날 날은 기약할 수 없는지라
안타까운 마음에 원진의 시를 읊조렸다

창해를 보고 나면 물이 되기 어렵고
무산이 아니고는 구름일 수 없더라

3

곡절을 넘어 이룬 인연

이야기 : 하나

꽃다운 아내와 재복을 얻은 채생

영조 말의 일이다. 남대문 밖 만리현에 사는 채생(蔡生)은 집안이 가난하고 지체가 변변하지 못했다. 집은 작고 오래되어 무너져 내릴 듯했고 끼니를 거르는 날도 많았다. 채생의 부친인 채 노인은 성실한 성품으로 말과 행동을 삼가고 조심하며 조용히 자신의 뜻을 지켜, 가난과 굶주림 때문에 지조를 바꾸는 일이 없었다.

채 노인은 가문의 도리를 이으려고 아들 채생을 엄히 가르쳤는데, 조금이라도 옳지 못한 점을 보면 단 한 번도 너그러이 용서하는 법 없이, 반드시 발가벗겨 망태 속에 넣어서는 대들보에 달아매고 몽둥이로 두들기며 무섭게 호령했다.

"우리 집안의 흥망은 오로지 네 한 몸에 달려 있다. 내 너를 엄하게 책망하지 않고서 어찌 허물이 고쳐지기를 바랄 수 있겠느냐?"

채생은 나이 열여덟에 우수현에 있는 목 학구 집에 장가를 들었는데, 채 노인은 혼례 날에도 채생에게 글을 읽혔고, 부부가 함께 자는 일까지도 날짜를 정해 주었다.

어느 날 채 노인은 아들을 불러 명했다.

"한식이 나흘밖에 남지 않았구나. 내 몸소 묘제에 가는 것이 마땅한 일이나, 네가 성인이 된 이후로 아직 성묘를 못 갔으니 인정으로나 도리로나 옳은 일이 아니니다. 내일 새벽에 떠나 사흘간 바삐 걸어가면 기일에 맞춰 선산에 당도할 것이다. 묘제를 드릴 때 정성을 다해 절하고, 무릎 꿇고 나아가고 물러서는 절차에 조금도 소홀함이 없도록 하거라. 그리고 오가는 길에 혹시 아녀자들이나 상을 당한 사람의 행렬을 만나면 반드시 피하여 보지 말며, 마음을 정숙하게 갖도록 힘써야 하느니라."

채생은 공손히 "예." 하고 대답하고는, 이튿날 새벽에 길을 나섰다. 채 노인이 또 문밖까지 나와서,

"긴 여정을 헛되이 보내지 말고, 경서 한 편을 암송하도록 해라. 또 가는 길에 반드시 음식을 조절해 병에 걸리지 않도록 해라. 아무쪼록 힘쓰고 두루 조심해야 할 것이다."

하고 당부하자, 채생은 "예, 예." 하고 떠났다.

채생은 허름한 옷차림에 짚신을 신어 행색이 초라하기 그지없었는데, 황금 재갈에 비단 언치를 한 준마를 이끌고 가던 건장해 뵈는 하인 대여섯 명이 갑자기 채생에게 절을 하는 것이 아닌가! 채생이 당황하여 얼굴을 붉히고 빠른 걸음으로 지나치려 하자, 하인들이 그를 빙

둘러싸더니,

"소인 댁 영감께옵서 서방님을 모셔 오라십니다. 어서 말에 타십쇼."

하는 것이었다. 채생은 의아하여 더듬더듬 말했다.

"그대들은 어느 댁 하인들인가? 내 주변에 원래 이렇다 할 친척이 없는데 누가 이렇게 시키겠는가? 얼른 길을 비켜 다오."

그러자 하인들은 아무 대꾸 없이 일제히 덤벼들었다. 채생을 끌어다가 말 위에 올려놓고 고삐를 잡아 채찍을 휘두르니, 준마의 빠르기가 나는 용과 같았다.

채생은 입을 딱 벌린 채 정신을 못 차리고 애달프게 부르짖었다.

"나는 부모님이 다 연로하시고 형제도 없다네. 제발 자비를 베풀어 가냘픈 이 목숨만은 살려 주시게."

하인들은 일부러 못 들은 척하고 줄곧 말을 몰더니, 이윽고 어느 대문 안으로 들어가는 것이었다. 겹겹의 중문을 들어가니 거창한 집채가 나오는데, 모양새가 굉장한 데다 문설주며 서까래까지 아름다운 모양으로 아로새겨져 있었다. 하인들이 채생을 부축해 마루로 오르게 했다.

- **만리현(萬里峴)** 지금의 서울시 중구 만리동에서 마포구 공덕동으로 넘어가는 고개.
- **우수현(禹水峴)** 지금의 서울시 도동에서 후암동으로 넘어가는 고개.
- **학구(學究)** 글방 선생. 훈장.
- **묘제(墓祭)** 조상의 무덤 앞에서 지내는 제사.
- **경서(經書)** 사서오경(四書五經) 같은 유교의 가르침을 적은 책.
- **언치** 말이나 소의 안장 밑에 깔아 그 등을 덮어 주는 방석이나 담요.

마루 위에는 한 노인이 머리에 검은 비단으로 만든 절풍건을 쓰고, 명주로 만든 끈을 달았으며 귀밑털에는 한 쌍의 금관자가 닿아 있고, 비단으로 만든 화려한 창의를 입었으며 허리에는 붉은 실로 땋아 만든 띠를 두르고, 침향으로 만든 의자 위에 높이 앉아 있었다. 그 옆으로 대여섯 명의 시녀들이 곱게 단장하고 줄지어 서 있었다.

채생은 황망히 절하고 무릎을 꿇었다. 그러자 노인이 일어나 답례하고 이어서 채생의 이름이며 나이, 문벌 등을 물어보는 것이었다. 채생이 일일이 대답을 하자, 노인이 기뻐하며 말했다.

"그렇다면 내가 복이 없는 사람은 아니로다."

채생은 내내 관가에 끌려온 죄인처럼, 무슨 영문인지 알아보고 싶었지만 알 수 없었고, 물어보고 싶었지만 물을 수 없었다. 다만 얼굴이 온통 홍시처럼 붉어져 공손히 앉아 있을 뿐이었다.

노인이 말을 꺼냈다.

"나의 집안은 대대로 역관으로 살아왔지만, 내 지위가 당상관에 이르렀고 재산도 많으니 어찌 스스로 만족하지 않겠는가? 다만 슬하에

- **절풍건(折風巾)** 헝겊 따위로 만들어 머리에 쓰던 고깔 모양의 두건.
- **금관자(金貫子)** 망건에 달린 단추 모양의 고리가 관자인데, 신분에 따라 금, 옥 등으로 재료를 달리했다.
- **창의(氅衣)** 벼슬아치가 평상시에 입던 웃옷.
- **침향(沈香)** 팥꽃나뭇과에 속하며 높이가 이십 미터 정도 자라는 큰키나무.
- **역관(譯官)** 통역을 맡아보던 관리.

딸 하나를 두었는데, 예단을 받고 미처 혼례도 치르기 전에 사위 될 사람이 졸지에 죽어 버렸다네. 청춘에 빈방을 지키는 딸의 모습이 아주 가련했지만 예법에 제한이 있고 남의 눈에 구애가 되어, 어디 시집을 보내지도 못한 채 어언 삼 년이나 흘렀다네.

그런데 지난밤에 딸이 문득 애처로이 흐느끼는데, 소리소리 한을 머금었고 마디마디 애간장을 에는 듯하여 비록 길 가는 사람이라도 눈물을 적실 수밖에 없을 정도였다네. 나에게 한 점 혈육이라고는 오직 이 딸자식뿐이니, 하루를 참고 보면 문득 하루의 시름일 따름이나, 백 년을 참고 보면 백 년의 즐거움을 잃은 것이었네.

결함 많은 우리 인생이 빠르게 흘러가니, 비록 풍악으로 귀를 즐겁게 하고 비단으로 눈을 호사롭게 하며, 기름진 음식으로 입을 달게 하여도 오히려 더 낳은 즐거움을 누리지 못해 한스러운 것이거늘, 내가 무엇 때문에 괴롭게 눈물로 하루를 보내고 슬픔과 탄식으로 집안의 계책을 삼겠는가?

일의 형편이 이처럼 절박해져 하는 수 없이 이러한 계획을 세워 본 것이네. 그래서 하인들을 새벽에 큰길로 내보내 귀천을 가리지 않고 처음 지나가는 젊은 남자를 맞이하여 내 딸과 아름다운 인연을 맺어 주려 했다네.

그런데 그대와 내 딸이 의외로 월로의 오랜 인연이 있어 만나게 되니 참으로 기이하구먼. 자네가 혼자된 내 딸을 어여삐 여겨 혼인해 주기를 바랄 따름이라네."

채생은 더욱 눈을 동그랗게 뜨고 감히 무어라 대답하지 못했다.

노인은 이어,

"봄밤은 짧고 닭은 이미 울었지만, 날이 새기 전에 화촉을 밝히도록 함세."

하고는 채생을 부축해 일으켰다.

채생은 안내를 받아 복도가 있는 곳으로 들어갔다. 한 곳을 돌아서니 너른 화원이 보이고, 회칠한 담이 사방을 둘렀으며, 그 담 안쪽으로 연못이 있었다. 두세 사람이 탈 정도의 작은 배가 있어 그 배를 타고 연못을 건너는데 연(蓮)과 여뀌 들이 가득하여 지척을 분간할 수 없었다. 그윽한 향내를 맡으며 한참을 거슬러 올라가니 동산이 가로막고 있었는데, 무늬 박힌 돌로 축대를 쌓고 그 가운데에는 층계를 만들어 위로 올라가게 되어 있었다.

채생은 배에서 내려 계단을 밟았다. 계단 끝에 열두 난간이 있었는데, 화문석이 화려하고 주렴이 휘황찬란하게 드리워 있었다. 노인은 채생을 남겨 놓고 안으로 들어갔다. 채생이 멍하니 서서 두리번두리번 사방을 훔쳐보니 진기한 풀, 묘한 돌, 이름난 꽃, 아름다운 새 들이 바닷가에서 신기루를 구경하듯 황홀하여 이루 다 형언할 수 없었다.

잠시 후에 두 심부름꾼이 채생을 맞이해 안내했다. 채생은 심부름꾼을 따라 붉게 치장한 건물에 이르렀다. 푸른 비단 창문 안으로 은촛

- **월로(月老)** 월하노인(月下老人)의 준말로, 부부의 인연을 맺어 준다는 전설의 인물.
- **여뀌** 마디풀과의 한해살이풀로 습기가 있는 곳에서 난다.
- **화문석(花紋席)** 꽃돗자리.
- **주렴(珠簾)** 구슬 따위를 꿰어 만든 발.

대에 불빛이 휘황하고 향불의 연기가 가늘게 오르는 것이 보였다. 그리고 아리따운 여자가 달 같은 자태에 꽃 같은 모습으로 곱게 치장하고 고고하게 창 안쪽에 서서 채생을 기다리고 있는 것이 아닌가!

채생이 머뭇머뭇하다 가만히 앞으로 나아가자, 여자가 사뿐히 나와 그를 맞아들였다. 여자가 다소곳하게 절을 하자, 채생도 머리 숙여 인사를 하고는 털로 만든 방석에 마주 앉았다. 시녀가 값진 그릇에 산해진미를 풍성하게 담아 상을 내왔지만 채생은 부끄럽고 어색하여 선뜻 젓가락을 들지 못했다.

노인이 말했다.

"저 어린 딸자식의 부귀는 원래 타고난 것이네. 다만 바라는 바는 서로 어여삐 여기는 정이 끊이지 않고 질투 없이 평생토록 사이가 좋았으면 하는 것뿐일세. 이 점을 잘 생각해 주시게."

채생이 대답을 못하고 주저하는 사이, 노인은 문을 닫고 나가 버렸다.

시중드는 할멈이 칠보 침상에 비단 이부자리를 깔고 채생을 휘장 안으로 들어가도록 했다. 채생이 마지못해 들어가자, 할멈은 여자를 부축해 채생과 나란히 앉히고 나서 휘장을 내리고 무늬가 새겨진 무소뿔로 고정했다.

채생은 마음에 걸리는 데가 많아 머뭇거리고 망설이면서 완랑의 천태고사로 자신을 위로하기도 하고, 유의의 동정고사에 자신을 견주어 보기도 했다. 그러다 촛불을 끄고 베개를 나란히 하니 애틋한 정과 속삭임이 끝없이 일어났다.

채생은 해가 중천에 뜰 무렵이 되어서야 비로소 눈을 떴다. 입을 옷가지가 하나도 눈에 뜨이지 않자, 채생은 의아한 마음을 감추지 못하고 여자에게 물어보았다.

"잘 맞는 옷을 지으려고 가져간 모양입니다."

말이 끝나기가 무섭게 할멈이 무늬가 있는 상자를 들고 왔다.

"서방님, 새 옷을 다 지었습니다. 갈아입으세요."

채생은 빛나는 비단옷을 입어 보고 몸에 꼭 맞자 크게 기뻐했다.

아침을 들고 났을 때, 노인이 들어와 잘 잤느냐고 물었다. 채생은 머쓱해 하며 겨우 말을 꺼냈다.

"어르신께서 보잘것없는 소생을 누추하게 보시지 않고 정중하게 대접해 주시니, 제가 이 처소에 오래 머물러 조그만 경의라도 표하고 싶은 마음 없지 않사옵니다. 하지만 묘제가 눈앞에 다가왔고 갈 길이 머니, 잠시라도 지체하다가는 제날짜에 맞춰 갈 수 없을 듯합니다."

"선산이 여기서 몇 리나 되는가?"

"백여 리쯤 됩니다."

"지친 걸음으로 터덜터덜 가노라면 족히 사흘은 걸리겠지만, 준마로 내달리면 반나절이면 갈 수 있네. 이틀 밤이라도 더 머물러 나의 이 소망을 저버리지 말아 주시게."

"가친의 훈계가 엄하십니다. 제가 만약 여기서 머물다가 뒤늦게 날

* **완랑(阮郎)의 천태고사(天台故事)** 후한(後漢) 때 완조(阮肇)라는 사람이 천태산(天台山)에 약초를 캐러 들어갔다가 선녀와 놀았다는 고사.
* **유의(柳毅)의 동정고사(洞庭故事)** 유의는 당나라 때 이조위(李朝威)가 지은 전기(傳奇) 〈유의전(柳毅傳)〉의 주인공이다. 유의는 동정호(洞庭湖)에서 용녀(龍女)와 짝을 맺는다.

랜 말과 화려한 옷을 입고 보란 듯이 달려가면, 쉽게 탄로 나지 않겠습니까? 원컨대 어르신께서 거듭 생각해 보옵소서."

"내 벌써 깊이 헤아려 생각해 두었네. 다 방법이 있으니 너무 걱정하지 말게나."

채생은 내심 떠나고 싶지 않다가, 노인의 말을 듣고는 퍽 다행으로 여겼다.

노인은 채생을 이끌고 산 위의 정자, 물가의 누각, 소나무 숲, 대밭으로 돌아다니며 경치를 구경하고 회포를 풀었다. 가는 곳마다 모두 절경이라 할 만했다. 그러고는 채생에게 물었다.

"나의 성은 김이고, 벼슬은 지추를 지냈지. 세상 사람들이 과장해서 나를 보고 나라의 갑부라고 말들을 하는 탓에 이름이 원근에 좀 알려진 편이라네. 자네도 혹 들어 보았던가?"

채생이 대답했다.

"거리의 아이들이나 농촌의 일꾼까지도 다 알고 있사온데, 우레와 같은 존함을 제 어찌 들었다뿐이겠습니까?"

"나는 산수 전원의 좋은 경치를 얻어 아무쪼록 여생이나 즐기려 했네. 정원이며 집채 등이 실로 분에 넘치는 줄 모르는 바 아니라네. 남에게 섣불리 이야기해 큰 죄를 입는 일이 없도록 조심해 주시게나."

채생은 "예, 예." 했다.

이틀이 지나 채생은 새벽길을 나섰다. 수레와 말이 준비되었고, 하인 여러 명이 호위하며 길잡이를 했다. 채생은 해가 기울기도 전에 이미 선산 가까이 당도했는데, 오 리 밖에서 집을 나섰을 때 입던 옷으로 갈아입고 갔다.

이튿날 아침, 묘제를 지내고 오던 길로 되돌아갔다. 얼마 걷지 않아 어제의 수레와 말이 기다리고 있는 곳에 닿았다. 채생은 다시 비단옷으로 갈아입고, 나는 듯이 김 노인의 집으로 돌아갔다. 그 길로 곧 집으로 돌아가려고 하자 김 노인이 말렸다.

"자네 아버님은 자네가 걸어올 줄로만 생각하지, 말을 타고 올 줄은 모르실 걸세. 백여 리 먼 길을 하루 만에 들어간다면 곧바로 종적이 탄로나 달리 꾸며 댈 말도 없을 것이네. 다시 하룻밤 더 묵어 가는 것만 못하네."

채생은 신방에서 은근한 하루를 보내고 새로운 정이 더욱 마음에 가득하니, 헤어질 때에는 눈물이 앞을 가렸다.

신부가 다시 만날 날을 묻자 채생은,

"가친의 가르침이 엄하시어 밖에 나갈 때는 반드시 갈 데를 말씀드려야 한다오. 봄가을로 묘제 철에 다시 나를 보내신다면 이번처럼 기회가 생길는지……. 그렇지 않으면 해가 가고 세월이 가도 반드시 만난다고 기약할 수 없으니, 임자는 혼자된 것이나 다름없는 처지구려."

라고 말하며 눈물을 쏟았다. 그야말로 봉별난리의 광경이었다.

채생은 나이가 어리고 아직 마음이 순진했다. 전부터 품어 온 소원

- **지추**(知樞) 동지중추부사(同知中樞府使)의 준말. 중추부(中樞府)의 종이품 벼슬.
- **봉별난리**(鳳別鸞離) 봉황이 떠나가고 난새가 이별한다는 의미로, 한 번 떠나면 다시 오기 어려움을 비유한 말이다.

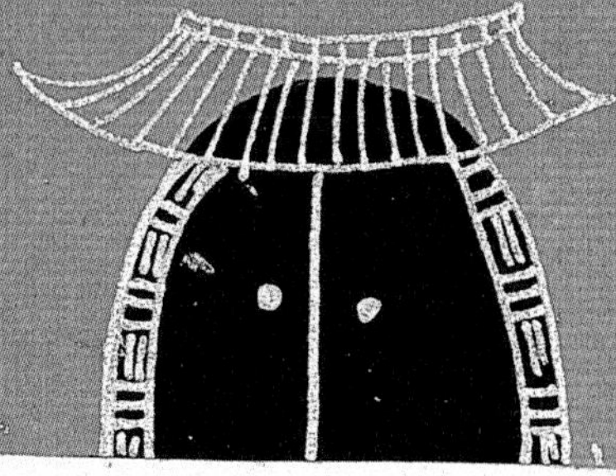

하나가 아름다운 비단 주머니를 갖는 것이었는데, 집이 가난해 아직 이루지 못하고 있었다. 그러다가 김 노인의 집에서 달아 준 비단 주머니가 자수도 정결하고 만들어진 모양도 기묘하자, 탐이 나서 차마 놓지 못했다. 신부가,

"이 주머니를 큰 주머니 속에 숨기시면 누가 알겠어요. 입고 오신 옷가지는 그대로 입고 이것만 가지시는 것쯤이야 별일이 있겠어요."

라고 하니, 채생은 그 말대로 비단 주머니를 베주머니 속에 간직했다.

채생이 집에 돌아가 복명하기가 바쁘게 채 노인은 묘제를 정성껏 모셨는지 물었다. 채생이 상세히 아뢰자, 채 노인은 곧바로 글을 계속해 읽으라고 명했다. 채생은 비록 입으로는 웅얼거렸지만 마음은 항상 김 노인의 집에 가 있었다.

어느 날 채 노인은 채생에게 내실에 들어가 자라는 엄명을 내렸다. 채생이 밤에 내실로 들어가 보니, 부서진 창살에 비가 다 새는 천장으로 바람이 들어와 뼈가 시리고, 삼베

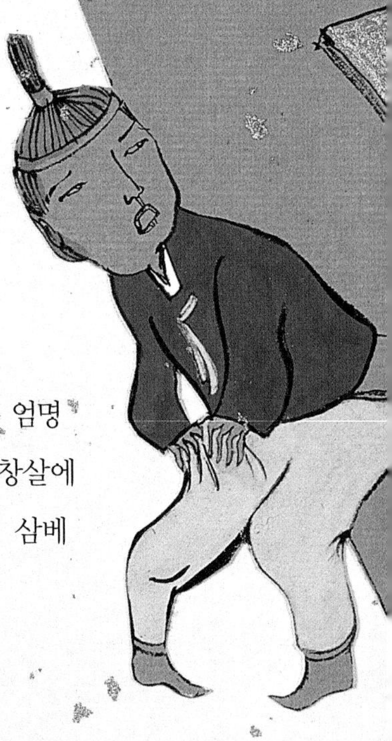

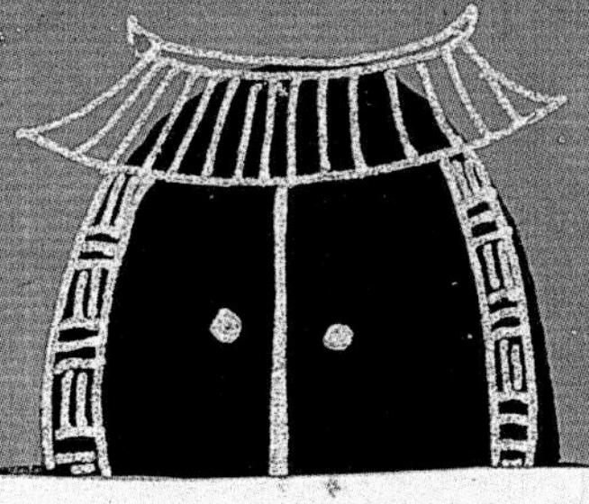

이불에는 벼룩과 빈대가 극성이었다.

아내가 일어나서 맞이하는데 나무 비녀, 몽당치마에 때 낀 얼굴이 수척해서 유난히 삐쩍 말라 보였다. 채생은 한 점 마음에 끌리는 곳이 없어 아무 말도 건네지 않았는데, 오직 김 노인 댁의 신방과 그날의 즐거움만이 그리울 뿐이었다. 그때 놀던 일이 꿈만 같고 뒤에 만날 날은 기약할 수 없는지라, 안타까운 마음에 원진의 시를 읊조렸다.

창해를 보고 나면 물이 되기 어렵고
무산(巫山)이 아니고는 구름일 수 없더라.

채생은 이 시에 자신의 신세를 빗대어 긴 한숨과 탄식으로 밤을 지새우며 엎치락뒤치락 잠을 못 이루었다. 그러다가 새벽종이 울려서야 겨

- **복명**(復命) 명을 받고 일을 처리한 사람이 그 결과를 보고하는 것을 이른다.
- **원진**(元稹, 779~831) 중국 당나라의 문학가. 인용한 시는 죽은 부인을 그리워하며 지은 시 중 한 구절이다.

우 눈을 붙였다가 해가 높이 뜨도록 잠에서 그만 깨지 못했다.

새벽에 먼저 일어난 채생의 아내는 이런 생각이 들었다.

'남편이 평소 나와 금실이 좋았는데 선산을 다녀온 이후로 전과 달리 냉담해진 듯하니, 정을 두고 헤어진 사람이 있어 그런 게 아닐까.'

그래서 슬그머니 채생의 기색과 의복을 살펴보았다. 그러나 별로 달라진 구석이 눈에 띄지 않았다. 그러다 우연히 채생이 차고 있는 베주머니에 눈이 가 닿았다. 전에는 언제나 비어 홀쭉하던 것이 무엇이 들었는지 불룩했다. 수상한 느낌이 들어 주머니 속을 훔쳐보니 과연 비단 주머니가 들어 있었다. 채생의 아내는 잔뜩 부은 얼굴로 비단 주머니 속의 것들을 꺼내어 책상에다 벌여 놓고는 채생이 잠에서 깨어나 스스로 부끄러워하기만을 기다렸다.

그때 마침 채 노인이 문을 활짝 열어젖히며 꾸중을 했다.

"이 돼지 같은 녀석! 아직도 자고 있다니. 어느 겨를에 글 한 자나 읽겠느냐?"

채생이 부리나케 일어나 옷을 주워 입는데, 방 안을 두리번거리던 채 노인의 눈에 책상 위에 벌여 놓은 비단 주머니가 보였다.

채 노인은 해괴한 일로 생각하고는 즉시 채생을 발가벗겨 망태 속에 잡아넣고 들보에 매달았다. 그리고 힘껏 매질을 했다. 채생은 고통을 견디지 못하여 낱낱이 실토하고 말았다. 한층 노여움이 북받쳐 오른 채 노인은 길길이 뛰며 이웃집 하인을 시켜 김 노인을 불러들였다.

비록 재상 정도의 높은 지위에 있는 사람일지라도 세상에서 나라의 갑부라 일컫는 김 노인을 감히 앉아서 부를 수는 없었다. 그런데 일개

학구가 하인을 보내 마음대로 오라 가라 하다니! 김 노인은 혼자된 딸의 여생을 위하여 능욕을 감수할 수밖에는 다른 도리가 없었다. 그리하여 즉시 채생의 집으로 달려갔다. 채 노인은 김 노인을 보자 큰 소리로 나무랐다.

"당신은 예법을 어기고 딸의 음탕함을 방조하니, 스스로에게 매우 불미스러운 일일뿐더러 남의 아들까지 그르치게 했소. 이 무슨 해괴한 일이오?"

김 노인이 대답했다.

"사위를 구하는 수레에 어쩌다 귀댁의 아드님이 탄 것이라오. 피차 불행이 보통이 아니나, 이제부터 물이 흐르고 구름이 흩어지듯 양가의 문제를 서로 간섭하지 않으면 그만 아니오? 구태여 남의 흠을 지적해 큰 소리로 들출 까닭이야 없지 않소?"

이에 채 노인은 더 할 말이 없었다. 김 노인은 곧 돌아서며,

"이제부터는 서로 없었던 일로 치고 이러니저러니 더 이상 곤란을 끼치지 말기로 합시다."

하고 표연히 가 버렸다.

그 뒤로 한 해가 흘렀다. 어느 비 오는 날 김 노인이 채 노인 앞에 불현듯 나타났다. 채 노인이,

"예전에 굳게 약속을 하더니 오늘은 어쩐 일로 오셨소?"

하고 묻자, 김 노인이 대답했다.

"마침 교외에 나왔다가 갑자기 소나기를 만났는데, 근처에 친지가 없어 부득이 귀댁에 들른 것이오. 잠깐 비를 피했다가 가겠으니 양해

해 주시기 바라오."

채 노인도 부드러운 태도로 나왔다.

"나 역시 장마에 혼자 앉아 울적한 마음을 풀 길이 없더니, 마침 노형이 오셨으니 이야기나 주고받읍시다."

김 노인은 거동이 매우 공손할뿐더러 이야기가 서슴없어 고치에서 명주실이 나오듯 술술 흘러나오는데, 대단히 조리가 있었다. 그러나 자신의 딸자식 일에 대해서는 전혀 말을 내비치지 않았다. 채 노인이 평생 사귄 사람이라야 그저 촌 훈장과 시골 선비뿐이었고, 시종 오가는 말들이란 일상생활에서 흔히 쓰는 것으로 궁색한 데다 모두 판에 박은 이야기뿐이었다. 그러다가 김 노인의 박식하며 시원시원하고, 비록 호감을 사려는 데서 나온 것이기는 하나 다정한 언변을 대하니, 채 노인은 크게 기뻐 그만 심취하고 말았다.

김 노인은 채 노인의 마음이 움직이는 것을 감지하고 즉시 데려온 하인을 불러 지시했다.

"내가 바삐 다니느라 배가 고프다. 보따리에서 음식을 꺼내 오너라."

하인은 곧 진귀하고 맛이 좋은 음식을 대령했다. 김 노인은 술을 한 잔 가득 따라 공손히 채 노인 앞에 올렸다. 채 노인은 배에서 꼬르륵 소리가 나고 입 안에는 침이 고여 술을 들이켜고 싶은 마음이 굴뚝같았지만, 겉으로는 사양했다.

"모르는 사이에도 흔히 술잔을 나누는 법입니다. 우리야 친분이 있은 지 오래되어 처음 대하는 얼굴도 아닌데, 어찌 마주 앉아서 혼자만 술잔을 들이켤 수 있겠습니까?"

채 노인은 그만 말문이 막혀 술잔을 받았다. 그러더니 입에 닿기가 무섭게 훌쩍 마시는 것이었다. 향긋한 술기운이 울적한 마음을 씻어내고, 기껏해야 나물이나 먹던 창자에 진수성찬이 들어가니 취한 눈이 홍조를 띠고 가슴마저 상쾌해졌다.

김 노인은 실컷 마시며 놀다가 일어섰다. 채 노인이 김 노인의 손을 붙잡고 말했다.

"노형은 참 좋은 술벗이구려. 종종 찾아 주오."

"오늘은 비가 온 덕분에 우연히 술잔을 나눌 기회를 얻었습니다만, 안팎의 일로 종일 눈코 뜰 새 없이 분주한데, 언제 몸을 빼내어 다시 들를 수 있을지 모르겠습니다."

채 노인은 문밖까지 김 노인을 배웅하고 안으로 들어와서는 취중에 가족들 앞에서 김 노인의 칭찬을 잔뜩 늘어놓았다. 그러고는 이내 곯아떨어졌다.

이튿날 아침, 채 노인은 어제 자기가 속았음을 깨닫고 후회했지만 이미 돌이킬 수 없는 일이었다. 그동안 김 노인은 사람을 보내 채생의 집 동정을 살펴보고 있었다.

그러던 어느 날 김 노인이 보낸 사람이 돌아와서는,

"채생의 집이 닷새 동안이나 밥을 짓지 못해 안팎의 식구들이 쓰러져 있는 모양이 처참하옵니다."

라고 전하는 것이었다.

김 노인은 채생에게 편지와 함께 수십 냥의 돈을 보냈다. 채생의 가족은 환호하며 얼른 저녁을 지었다. 채 노인에게는 이 사실을 알리지

않고 남한테 돈을 빌린 것으로 둘러대기로 했으나 채 노인은 밥상을 받자 굶주린 배 속을 채우는 데만 급급했다. 하루가 가고 이틀이 가도 끼니 걱정이 없는 것을 보고서야 비로소 이상한 생각이 든 채 노인은 돈의 출처를 따져 물었다. 채생이 자세히 사정을 아뢰자 채 노인은 크게 화를 내며,

"차라리 구렁에 빠져 넘어질지언정 어찌 앉아서 명분 없이 남의 물건을 받아먹는단 말이더냐. 이미 지나간 일이라 토해 낼 수 없고 또 갚을 길도 없으니, 앞으로는 그러한 일이 없도록 해라."

채생은 "예." 하고 대답했다.

그러나 얼마 못 가 김 노인이 보내 준 돈이 다 떨어지자, 먼저와 마찬가지로 굶을 수밖에 없었다. 채 노인은 성격이 본래 꼼꼼하지 않고 서툴러 전혀 생계를 꾸려 갈 주변머리가 없었다. 채생과 그의 어머니가 나뭇가지를 엮어 만든 문짝을 뜯어 불을 때고 아랫돌을 빼다가 윗돌 괴는 식으로 간신히 한 해를 끌고 갔다. 가세는 기울고 빚은 산처럼 쌓여서, 참으로 일가족의 죽음이 눈앞에 닥칠 지경이 되었다.

김 노인은 또 이러한 사정을 탐지해, 다시 쌀 열 섬과 돈 백 냥을 채생에게 보냈다. 채생은 부모가 돌아가실 지경에 이르러 속이 타고 가슴이 쓰리던 차였다. 실로 식량이 떨어져 굶어 죽을 판이니, 비록 똥장군을 짊어지고 날품을 팔더라도 양식을 구할 수만 있다면 무슨 일이건 사양할 처지가 아니었다. 하물며 아는 사람이 호의로 보낸 것임에랴! 채생은 기꺼이 도움을 받아들여 부모를 봉양했다.

채 노인은 주림으로 정신이 혼미한 참이어서 앞뒤 모르고 음식을

탐했다. 채생이 연일 지성으로 공양하자 며칠 후에 곧 기력을 되찾았다. 이후로도 줄곧 몸을 보양하는 좋은 음식들이 상에 오르자, 그제야 채 노인이 물었다.

"대체 이것들을 어디서 마련했더냐?"

채생은 또 사실대로 아뢰지 않을 수 없었다. 채 노인은 억지로 웃으며 말했다.

"김 노인이 어찌하여 자주 우리를 이렇게 도와주는가? 앞으로 다시 받지 말아야 할 것이며, 받으면 마땅히 매를 맞으리라."

채생은 역시 부친의 명을 따르겠노라 했다.

채생의 가족은 대여섯 달 동안 양식 걱정 없이 편안하게 생활했다. 그러나 또 마련해 둔 것이 없어지자 근심은 먼저보다 열 배나 더했다. 갖은 고생을 하며 세월을 보내고 있던 중, 제삿날이 되어도 제사상에 올릴 음식 준비조차 할 수 없는 지경이 되니 안타까운 마음이 그지없었다. 집 안에서 서로 얼굴만 마주한 채 이 궁리 저 궁리하느라 수심이 가득했다. 그런데 한 하인이 꿰미 돈 이백 냥을 지고 와서는 채생에게 바쳤다. 김 노인의 집에서 보낸 것이었다. 채생이 부친의 훈계를 받들어 거절하려고 하는데 채 노인이 나와서는,

"저분이 일껏 의리로 우리를 돕는데, 인정으로 보나 사리로 보나 전부 물리칠 수는 없느니라. 절반은 돌려보내고 절반은 받는 것이 도리에 맞는 처사일 것이야."

하여 채생은 그대로 따랐다.

이튿날 김 노인이 채생을 위해서 음식상을 성대하게 차려 들고 왔

다. 채생이 또 거절하려고 하자, 채 노인이 말했다.

“이왕 차려 온 음식인데 그냥 돌려보내는 것은 낭패가 아니더냐? 이번에는 받아먹기로 하고 앞으로는 절대 이런 일이 없도록 해라.”

이에 온 식구가 둘러앉아 음식을 먹는데, 그 기막힌 맛에 크게 감탄하며 모두들 실컷 배를 불렸다.

김 노인이 은근히 채 노인에게 술잔을 권하자 채 노인은 마냥 사양치 않고 잔뜩 취하도록 마셨다. 그리하여 김 노인에게 문경지교를 허락하고, 채생을 불러 분부했다.

“너는 김씨 댁 규수와는 본래 무관했지만, 문득 인연을 맺지 않았더냐? 천생연분이 아니라면 이럴 수 없는 법. 네가 끝내 그 규수를 소원하게 대하여 남의 일생을 망치는 것은 옳은 일이 아니니라. 오늘 밤

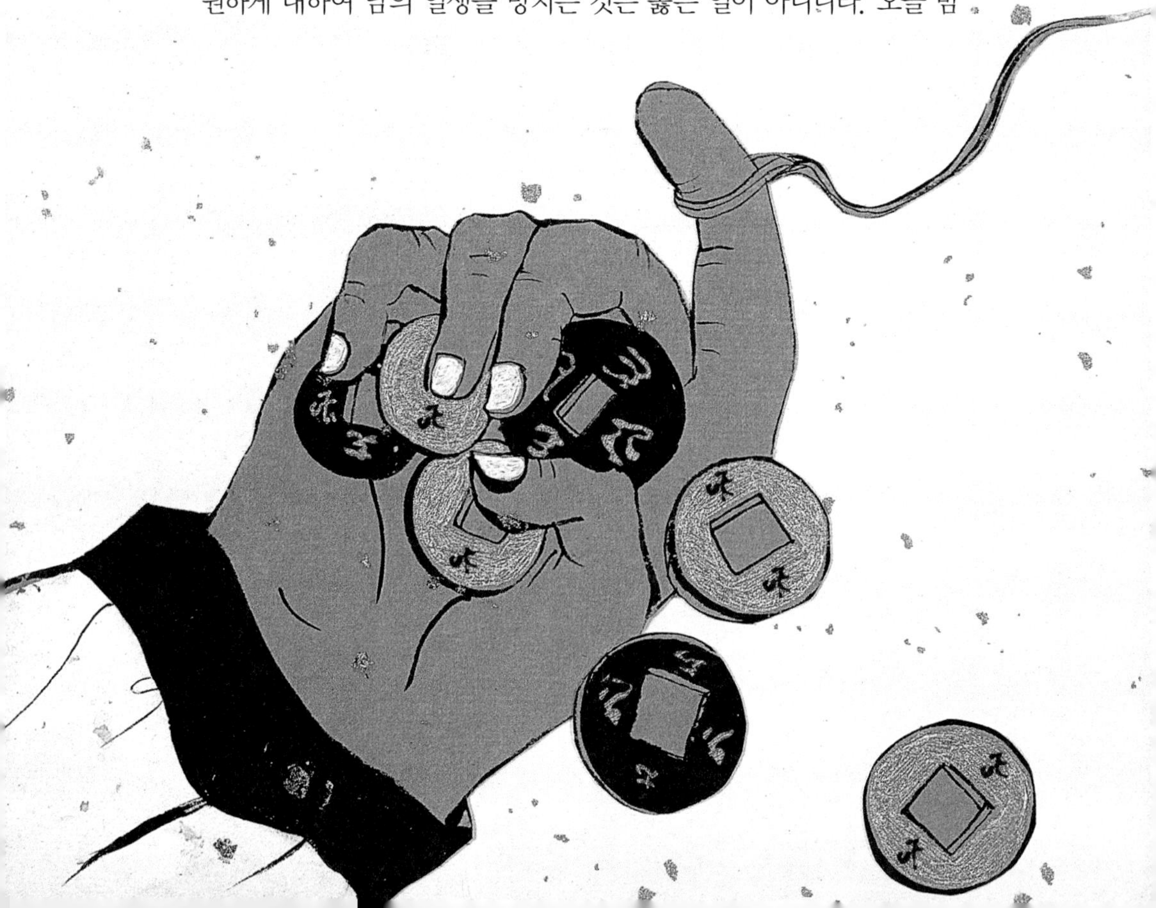

이 매우 길하니 하룻밤 가서 자고 오너라. 오래 머물지는 말고."

채생은 더없이 기뻤다. 김 노인은 두 번 절하며 감사를 표하고 즉시 채생을 말에 태워 자기 집으로 보냈다. 그러고 나서 자신은 혹시 채 노인의 마음이 변할까 염려해 밤이 이슥하도록 눌러앉았다가 돌아갔다.

다음 날 아침, 채 노인은 집으로 들어서는 아들을 보더니, 어제 자기가 한 말을 까맣게 잊어버리고는 어리둥절해서 물었다.

"네가 웬일로 아침 일찍 옷을 차려입고 있느냐?"

채 노인은 아들의 말을 듣고 후회했으나, 부끄러워 나무라지도 못했다. 그 뒤부터는 채생에게 모든 일을 맡기고는 하는 대로 따라가고 조그만 트집도 잡지 않았다. 그러다 보니 자연히 생계를 모두 김 노인에게 의지하게 되었다.

김 노인은 거의 매일 술을 싣고 찾아와 실컷 담소를 나누고 돌아가곤 했다. 채 노인은 일찍이 가난에 찌들어 머리와 수염이 희어진 터에 편안히 호의호식하며 매일 술을 마시니 자못 상쾌함마저 느꼈다. 오히려 지난날의 고생을 생각하면 몸에서 소름이 돋을 지경이었다.

어느 날 김 노인이 조용히 입을 뗐다.

"귀댁의 아드님이 내 집을 자주 오가는 것이 남의 눈에 띌까 매우 걱정입니다. 이제 그만 발을 끊는 것이 좋겠습니다."

• **문경지교**(刎頸之交) 생사를 같이할 만큼 아주 가까운 사이. 또는 그런 친구를 이르는 말.

채 노인이 놀라서 말했다.

"그러면 내가 마땅히 며느리를 우리 집으로 맞이해 데려오면 괜찮겠는지요?"

"아드님은 아직 나이가 어린 선비여서 위로 부모를 모시고 아래로 정실이 있는 터, 집에 소실을 두다니 말이 됩니까?"

"아무튼 다른 묘책을 내어 어리석은 나를 깨우쳐 주시구려."

"귀댁 가까이에 집 한 채를 지어서 아침저녁으로 오가는 데 편리하도록 하고 싶은데, 어떠하신지요?"

그러자 채 노인이 덧붙였다.

"그렇다면 집은 대단히 클 필요가 없고, 하인도 많을 필요가 없으며, 창고는 풍성할 필요가 없습니다. 아무쪼록 우리 가문의 청빈함을 지키게 해 주기 바라오."

김 노인도 그러겠다고 하고는 집으로 돌아가 곧 재목을 구하여 기와집을 짓기 시작했는데, 어찌나 화려한지 채 노인의 뜻과는 아주 달랐다. 채 노인은 어찌할 도리가 없어 종종 혀를 차며 김 노인을 탓하곤 했다. 그러면 김 노인은 이렇게 말했다.

"선생은 평생 옥을 안고 구슬을 품고 계시면서도 세상에 쓰이지 못했으니 마땅히 자손들이 그 응보를 받을 것입니다. 무릇 집이란 자식을 기르는 곳인데, 어찌 문벌을 높이지 않을 수 있겠습니까?"

채 노인은 그 말에 매우 기꺼워하며 불평을 거두었다.

집이 다 지어지자 김 노인은 어두운 밤에 딸을 채생의 집으로 보내 시부모와 본부인을 예로써 뵙고 새집에서 지내게 했다. 김 노인의 딸은 사흘 만에 작은 잔치, 닷새 만에 큰 잔치를 베풀어 시부모를 기쁘게 하고 안팎의 하인들에게까지 환심을 얻었다.

채생이 어머니께 아뢰었다.

"아버지 어머니께서 한평생 고생만 하시다가 이제 노년에 이르셨습니다. 소자는 아직 나이도 어리고 학업도 부족하여 급제를 기약하기 어려운 처지옵니다. 다만 지금 한 가닥 효도할 길은 오직 새집으로 모시어 평안히 부귀를 누리시도록 하는 것입니다. 어머니, 제 소망을 들어주옵소서."

"내가 새집에 가 있으면 김씨 댁에서 무어라 말이 없겠느냐?"

"이는 오직 소실의 뜻입니다. 저는 말을 전하는 것뿐입니다."

채생의 어머니는 그 말에 따르고 싶은 의향이 있어 채 노인에게 이야기해 보았다. 그러나 채 노인은,

"어허! 당신이야말로 마음이 약해져서 엉뚱한 말을 하는구려."

하고 말했다. 그러자 채생의 어머니는,

"내가 당신과 함께 살아온 이후로 험난한 길에 어느 하루도 마음이 편한 날이 없었소. 이제 다행히 입고 먹고 할 방도가 생겨 편안하게 마음을 놓고 살게 되었으니, 이게 다 새 며늘애 은덕이 아니겠소? 이제 또 지극한 효성으로 우리를 모셔다가 여생을 편하게 살게 하려는데 무슨 흠이 된다고 따르지 않겠다 합니까?"

하며 와락 성을 내었다. 그런데도 채 노인은 요지부동이었다.

"갈 테면 당신 혼자 가구려. 나는 이 옹색한 집을 지키고 살겠소."

그리하여 채생의 어머니는 날을 받아 혼자 새집으로 이사를 가 버렸다.

채 노인이 때때로 새집에 들르면, 수십 명의 하인들이 대문 밖까지 나와서 영접하고 좌우에서 부축하여 별당으로 모시는 것이었다. 별당은 오로지 채 노인을 위해서 지은 것으로, 와서 지내기 편하도록 꾸며져 있었다. 별당의 서가에는 책이 가득했고 뜰에는 온갖 꽃과 대나무가 가득했다. 시중드는 사람이 항상 곁에 있어 불편한 것이 없었는데, 채생의 어머니가 거처하는 곳도 마찬가지였다. 채 노인은 새집에 갈 적마다 그곳에 한동안씩 머물렀는데, 떠나고 싶은 마음이 들지 않았다. 마지못해 옛집으로 돌아가면 쓸쓸할 뿐이었다.

채 노인은 문득 이런 생각을 했다.

'여생이 이제 얼마나 남았으랴! 불과 손가락 한 번 튕길 동안이지. 사서 고생할 필요가 뭐 있겠나?'

채 노인은 아들을 불렀다.

"나 혼자 빈집을 지키면서 네 집에서 식사를 날라 먹으니 번거롭기 짝이 없구나. 가족이 나뉘어 사는 것은 노년에 더욱 어려운 일이다. 나도 새집으로 가서 단란히 지내는 것이 어떻겠느냐?"

채생은 크게 기뻐하며 그날로 아버지를 모셔 갔다.

김 노인이 비옥한 땅을 채생에게 주니 채생은 살림살이 걱정을 하지 않고 오로지 과거 공부에 열중할 수 있었다. 채생은 얼마 지나지 않아 과거에 급제하여 명성을 떨치게 되었다.

이야기 : 둘

양반 가문의 청상과부와 인연을 맺은 권생

안동에 사는 진사, 권 아무개는 재산이 넉넉했지만 성품이 준엄해 집안을 다스리는 데 법도가 있었다. 권 진사에게는 아들이 하나 있었는데, 며느리의 성질이 사납고 투기가 심해 권 진사도 며느리를 휘어잡기 어려웠다. 하지만 며느리 또한 준엄한 시아버지의 서슬 퍼런 성격에 함부로 성깔을 부리지는 못했다.

권 진사는 성이 났다 하면 누구든지 대청에 자리를 깔아 놓고 반드시 혼쭐을 냈는데, 심하게는 종을 때려서 죽이는 일까지 있었다. 보통의 경우에도 목숨까지 빼앗지는 않을지언정 피를 본 다음에라야 끝을 맺었다. 이 때문에 대청에 자리만 깔면 집안사람들은 벌벌 떨며 반드시 사람이 다칠 것으로 알았다.

어느 날 권 진사의 아들 권생이 이웃 고을에 있는 처가에 갔다 오는 길에 비를 만났다. 권생이 비를 피해 주막에 들렀더니, 먼저 온 젊은이 하나가 마루에 앉아 있었다. 마구간에는 젊은이의 것인 듯한 준마가 대여섯 필 매여 있었는데, 부녀자 몇 명과 종들의 모습도 보였다.

권생은 젊은이와 술상을 함께하며 이야기를 나누게 되었다. 젊은이가 권한 술과 음식은 매우 맛있었다. 서로 이름과 사는 곳을 묻게 되어, 권생이 먼저 자신을 소개했다. 그러나 젊은이는 성씨만 말할 뿐 자기가 사는 곳을 밝히지 않으면서,

"우연히 이곳을 지나다가 비를 피해 주막에 들렀더니, 문득 같은 또래의 좋은 벗을 만나게 되어 얼마나 즐거운지 모르겠소."

라고만 했다. 그들은 술을 주거니 받거니 취하도록 실컷 마셨는데, 권생이 먼저 취해 곯아떨어졌다.

밤이 깊어서야 눈을 떠 사방을 둘러보니 술잔을 나누던 젊은이는 그림자도 없고, 자기만 혼자 방 안에 누워 있었다. 그런데 가만 보니 곁에 소복을 입은 아름다운 여인이 앉아 있는 게 아닌가? 열여덟 혹은 열아홉쯤 되어 보이는 여인은 단아한 자태로 보아 분명 서울의 어느 대갓집 아녀자인 듯했다.

권생은 눈이 휘둥그레져서 물었다.

"내가 어떻게 여기 누워 있는 게요? 도대체 임자는 어디 사시는 뉘시오?"

여인은 부끄러운 기색으로 대답을 못했다. 거듭 다그쳐 물어도 끝내 입을 열지 않다가, 한참이 지나서야 비로소 모기만 한 소리로 말을 꺼냈다.

"저는 서울에 살며, 벼슬살이를 하는 훌륭한 가문의 딸이옵니다.

열네 살에 출가했다가 열다섯에 남편을 여의고, 부친도 일찍 작고하셔서 지금은 오라버니께 의지하고 있답니다. 그런데 오라버니는 성격이 남달라서 세상의 습속을 좇고 예법을 따르느라 어린 누이를 혼자 늙히지 않겠다며, 개가할 자리를 구하려 했습니다. 그러자 온 문중에 한바탕 소동이 일어 가문을 더럽히는 짓이라며 모두 반대하고 꾸중하시기에 어쩔 수 없이 그만두었습니다. 그러자 오라버니는 가마와 말을 준비해 몰래 저를 싣고 성문을 나왔고 정처 없이 다니다가 이곳까지 오게 되었지요. 오라버니는 집안사람들의 눈을 피해 적당한 남자를 골라 소녀를 맡기려고 한 것입니다. 지난밤 당신이 취하신 틈을 타 하인을 시켜 제 방으로 모시도록 했지요.

오라버니는 아마 지금쯤 멀리 가셨을 거예요."

이어 여인은 옆에 놓인 상자를 가리키며,

"저 안에 은전 오륙백 냥이 있는데, 살림 밑천을 삼으라고 주신 것입니다."

라고 하는 것이었다. 권생은 기가 막혀 얼른 밖으로 나와 보았다. 그러나 그 젊은이와 많은 종과 말 들은 온데간데없었고, 다만 어린 계집종 두 명이 남아 있을 따름이었다.

권생은 하는 수 없이 다시 방으로 들어와 여인과 함께 밤을 보냈다. 하지만 가만 생각해 보니 큰일이었다.

'사사로이 첩을 얻었으니 엄하신 아버님 성품에 반드시 따로 조처를 내릴 것이요, 사납고 투기 잘하는 아내도 가만 있지 않을 터. 아! 장차 이를 어찌하면 좋단 말인가?'

권생은 천 가지 만 갈래로 곰곰이 생각을 해 보았으나 뾰족한 방도가 전혀 떠오르지 않았다. 여인과의 기이한 만남이 단단히 두통거리가 된 셈이었다.

이튿날 권생은 계집종에게 아씨를 잘 모시라 이르고, 주막 주인에게도 신신당부를 한 뒤 떠나면서 여인에게 말했다.

"내 집엔 성품이 무척 엄하신 아버지가 계시다오. 우선 돌아가서 여쭌 연후에 당신을 데려갈 터이니, 잠시 기다리시오."

권생은 그 길로 지혜로운 친구의 집을 찾아가 지난밤의 일들을 털어놓았다. 무슨 좋은 수가 없겠냐고 묻자, 친구는 한참 동안 혼잣말로 중얼거리고 있다가,

"거참! 어렵구먼. 너무 어려워. 달리 마땅한 도리가 없겠는걸…….
아, 한 가지 방법이 있긴 하네그려. 우선 자네가 집으로 돌아가 있으면, 며칠 후에 내가 잔치를 베풀어 친구들을 청할 것이네. 그러면 자네는 그다음에 한번 자리를 마련하여 우리를 청하게나. 내게 좋은 수가 있으이."

권생은 그 말대로 하겠노라 약속을 하고 집으로 돌아갔다.

며칠 후 친구로부터 전갈이 왔다. '마침 잔치를 열어 여러 벗이 모두 모이는데, 이 자리에 형이 빠질 수 없으니 꼭 왕림해 주길 바라오.' 하는 내용이었다.

권생은 아버지께 알리고 잔치에 참석했다. 그러고는 다음 날 아버지께 여쭈었다.

"친구 아무개가 어제 잔치를 마련해 친구들을 초대했는데, 답례를 하지 않고는 면목이 서지 않을 듯합니다. 마침 오늘 준비된 음식이 조금 있으니, 친구들을 부르면 좋겠습니다."

아버지가 허락하자, 권생은 잔치를 베풀어 그 친구와 함께 동네 젊은이들을 초청했다. 아들의 친구들이 인사를 올리자, 권 진사는 기뻐하며 이렇게 말했다.

"자네들은 돌아가며 잔치를 벌이면서, 이 늙은이를 한 번도 부르지 않으니 그게 무슨 도리인가?"

그러자 그 친구가 대답했다.

"어르신께서 앞에 앉아 계시면, 나이 어린 저희들로서는 자리가 무척 어려워집니다. 또 어르신께옵서는 타고난 성품이 워낙 준엄하시니,

잠깐 뵐 적에도 혹시 실수하지 않을까 여간 조심스러운 게 아닙니다. 그런 터에 어찌 종일 술자리에 모실 수 있겠습니까? 어르신께서 만약 자리를 함께하신다면 그야말로 살풍경이 될 것이옵니다."

권 진사가 껄껄 웃으며 말했다.

"이 사람아! 술자리에서 무슨 장유유서를 따지겠는가? 오늘 술자리

는 내가 주인일세. 예법의 구속에 개의치 말고 종일토록 실컷 놀게나. 자네들이 백 번 실수를 해도 내 조금도 꾸짖지 않음세. 실컷 즐기면서 오늘 하루 이 늙은이의 외롭고 쓸쓸한 마음을 위로해 주기 바라네."

그러자 젊은이들이 모두 공손하게 "예." 했다.

모두 함께 어울려 술잔을 주고받으며 분위기가 달아오르자, 그 지혜로운 친구가 권 진사 앞으로 가서 이렇게 말했다.

"시생이 재미난 옛이야기를 하나 알고 있습니다. 어르신 웃으시라고 한번 얘기해 볼까 합니다."

권 진사가 말했다.

"옛이야기? 거 좋지! 어서 꺼내 보게."

권생의 친구는 주막에서 있었던 기이한 일을 옛이야기처럼 꾸며서 술술 풀었다. 권 진사는 구구절절이 감탄했다.

"기이하구먼, 참으로 기이하구먼! 옛날에는 간혹 기이한 인연이 있다 하던데, 지금에 와서는 도무지 그런 걸 볼 수가 없구먼!"

권생의 친구가 이 말을 받아서 여쭈었다.

"만약 어르신께서 그러한 경우를 당하신다면 어떻게 처신하시겠습니까? 어두운 밤 아무도 없는 방에 절세미인이 곁에 있다면, 가까이하시겠습니까? 가까이하지 않으시겠습니까? 만약 가까이하셨다면 데리고 사시겠습니까, 아니면 버리시겠습니까?"

* **살풍경(殺風景)** 매몰차고 흥이 나지 않는다는 뜻이다.

"어디가 아프지 않고서야 미인을 만나 어찌 헛되이 보낼 수 있단 말인가? 그리고 기왕 함께 밤을 지샜으면 데리고 살아야지, 어찌 여자를 버리는 나쁜 짓을 한단 말인가?"

"그래도 어르신께서는 준엄하고 꼿꼿한 성품이시온지라 아무리 그런 상황이라 하더라도 결코 절개를 꺾지 않으실 것으로 보입니다."

"아닐세. 그 사람이 방에 여자가 있다는 걸 알고 들어간 게 아니라 속아서 그리된 것이니, 이는 일부러 저지른 잘못이 아니지 않은가? 또 미인의 얼굴을 보고 젊은 혈기가 일어나는 것은 인정상 당연한 일이요, 그 여자가 양반의 딸이면서도 그리하니 사정이 측은하고 처지가 딱하지 않겠나? 만일 버림을 받으면 필시 수치감에 원한을 품을 것 아닌가? 그것이야말로 큰 죄를 짓는 일이지. 사대부가 그토록 모질어선 안 되는 것일세."

권생의 친구가 다시 바싹 다가앉으며 여쭈었다.

"인정과 일의 도리가 과연 그럴까요?"

"그야 여부가 있겠나? 마땅히 그래야지. 사람이 그토록 야박해서야 쓰겠는가?"

권생의 친구는 그제야 웃으며 아뢰었다.

"제가 했던 이야기는 실은 옛이야기가 아니옵고, 바로 어르신의 아드님이 얼마 전에 겪은 일이옵니다. 어르신께서 사리에 맞노라 거듭 단호하게 말씀하시니, 아드님이 다행히 죄에서 벗어날 줄로 믿습니다."

이 말을 들은 권 진사는 한동안 말없이 있다가, 문득 정색을 하고 성난 목소리로 말했다.

"해야 할 일이 있으니, 자네들은 그만 돌아가도록 하게."

그러자 젊은이들은 겁이 나 뿔뿔이 흩어졌다.

권 진사가 벽력같은 소리로 서둘러 대청에 자리를 벌이라 하니, 집안사람들이 이번에는 또 누가 다칠지 몰라 벌벌 떨었다. 권 진사는 자리에 앉아서 큰 소리로 명했다.

"냉큼 작두를 가져오너라."

하인들이 황망히 작두와 널판을 가져다 뜰아래 대령했다. 또다시 불호령이 떨어졌다.

"너희 서방님을 잡아다가 작두판에 올려놓아라."

하인이 권생을 잡아다 작두판 위에 목을 올려놓자 권 진사가 크게 꾸짖었다.

"이 고얀 놈! 입에 아직 젖내도 안 가신 놈이 부모에게 고하지 않고 사사로이 첩을 들이려 하다니! 이것은 집안을 망치는 짓이다. 내가 살아 있는데 이런 짓을 하는 놈이, 내가 죽은 뒤에는 오죽하겠느냐? 너 같은 패륜아는 살려 두어서 득 될 게 없다. 내가 살아 있을 때 머리를 베어 아예 후환을 없애는 게 옳겠다."

말을 마치고 호령을 하니, 하인이 발을 들어 당장이라도 작두를 밟을 기세였다. 이에 위아래 할 것 없이 허둥지둥 모두 사색이 되었다. 권 진사의 부인과 며느리가 모두 뜰에 내려가 애걸했다.

"비록 죽을죄를 지었다지만, 어찌 어미의 눈앞에서 하나뿐인 아들의 머리를 자른단 말입니까?"

울고불고 곡성이 늘어지는데, 권 진사가 물러가라 호통을 치니 노부

인은 비실비실 피하고 말았다. 그러자 며느리가 땅에 머리를 찧어 얼굴에 피를 흘리며 아뢰었다.

"아직 나이가 어린 사람인지라 제멋대로 행동해 죄를 지었사오나, 아버님의 핏줄은 이 사람뿐인데, 이리 끔찍한 일을 행하시어 그동안 받들어 온 제사를 일시에 끊으려 하시옵니까? 비옵건대 제가 대신 죽게 해 주옵소서."

권 진사가 말했다.

"집안에 패륜아를 그냥 두어 가문이 망하도록 하는 것은 조상께 누를 끼치는 일이다. 그리되느니 차라리 눈앞에서 이놈을 없애고 양자를 구해 들이는 것이 옳은 일일 것이다. 이러나저러나 망하는 건 마찬가지다. 망하더라도 깨끗하게 망하고 말 것이야."

권 진사가 당장 작두질을 하라고 다그치자 하인은 대답을 하면서도 차마 발을 떼지는 못했다.

며느리가 더욱 크게 울며 간절히 호소하자, 권 진사가 말했다.

"이번 일로 집안을 망칠 요인이 되는 것은 비단 한 가지뿐만이 아니다. 부모 밑에서 사는 자식이 제 맘대로 첩을 얻었으니 그것이 첫째 망조요, 네 성질이 드세고 투기가 심해 소실을 결코 용납치 않아 집안에 날마다 분란이 일 것이니 그것이 둘째 망조다. 이런 망조는 미리 제거하는 것이 오히려 현명한 일이니라."

"저 역시 사람의 가죽을 둘렀고, 사람의 마음을 가지고 있습니다. 이런 광경을 눈앞에 두고 보았으면서 어찌 질투할 마음을 두겠습니까? 만약 아버님께서 한 번만 용서를 하신다면 저는 맹세코 첩과 함께 살면서 집안의 화목한 기운을 해치지 않을 것이옵니다. 바라옵건대 아버님께서는 그런 염려는 마시고 너그러이 은혜를 베풀어 주시옵소서."

"아니다. 네가 지금은 다급한 상황이라 이런 말을 하지만, 분명 속은 다를 것이 아니겠느냐?"

"어찌 그럴 리가 있겠사옵니까? 만약 털끝만큼이라도 지금 드린 말씀에 어긋나는 일이 있사오면 벼락을 맞을 것이며, 귀신에게 벌을 받을 것이옵니다."

"아니다. 네가 내 생전에는 안 그런다 해도, 내가 죽은 뒤에는 옛 버릇을 못 버리고 사나운 성질을 부릴 터. 그땐 내가 이미 세상에 없으니 저놈이 능히 너를 감당하지 못할 것이다. 그 역시 집을 망칠 일이 아니더냐? 아무래도 지금 저놈을 베어 화근을 없애는 것이 낫다!"

"어찌 그럴 리 있겠사옵니까? 아버님이 돌아가신 후에 혹시 제가 조금이라도 당치 않은 심술을 부리면 저는 개돼지만도 못하다 할 것이옵니다. 맹세하오니 다짐을 받아 두셔도 좋습니다."

"그러면 맹세를 종이에 써서 바쳐라."

며느리는 '약속을 어기면 짐승만도 못하다.'라고 쓰고, 이어서 말했다.

"만약 맹세를 어기는 일이 있으면 벼락을 맞아 죽어도 마땅할 것이옵니다. 하오나 이렇게 맹세를 해도 끝내 용서치 않으시면 저 역시 따라 죽는 수밖에 없사옵니다."

권 진사는 그제서야 아들을 용서하고, 하인을 불러 분부했다.

"가마를 가지고 그 주막에 가서 서방님의 소실을 모시고 오너라."

권 진사는 권생의 소실이 집안 어른들에게 예를 올린 뒤에 권생의 부인에게도 예를 갖추도록 하고 함께 살게 했다. 권 진사의 며느리는 감히 한마디 트집도 잡지 않았고, 늙도록 소실과 화목하게 지내면서 전혀 다투지 않았다고 한다.

애틋한 사랑 이야기

부부로 함께 살아간다는 것

조선은 여자를 차별하고 남자를 치켜세우는 불평등한 사회였습니다.
그러나 이 책에 나오는 여자 주인공들은 한결같이 자신의 감정에 충실하여 사랑을 이루어 내려고 하지요. 그런데 이들을 공통적으로 가로막은 것이 바로 '부부'라는 제도적 틀이었습니다. '부부'는 과연 사랑을 지켜 내는 울타리였을까요, 아니면 사랑을 방해하는 걸림돌이었을까요?

퇴계 이황과 부인 권씨의 이야기

퇴계 이황은 첫 부인을 결혼 6년 만에 잃고 3년간 홀로 지내다 서른 살에 재혼을 합니다. 두 번째 부인 권씨는 명문가의 후손이었지만, 신사무옥(辛巳誣獄) 때 숙부가 사형을 당해 집안이 풍비박산 나고 아버지 권질마저 귀양살이를 하자 극심한 충격에 정신을 놓아 버립니다. 퇴계는 권씨 가문의 지조를 흠모하던 터에 어느 날 권질이 딸을 거두어 줄 것을 부탁하자 그 청을 받아들입니다. 부인 권씨는 퇴계의 상복을 알록달록한 천으로 꿰매거나 제사상에 올린 과자를 달라고 조르는 등 정신적으로 온전치 못했습니다. 보다 못한 제자들이 부인을 소박하라고 청했지만 퇴계는 오히려 아내를 감싸고 불쌍히 여깁니다. 나랏일로 지방을 다닐 때에도 늘 데리고 가서 돌보았고, 17년간의 결혼 생활 끝에 권씨 부인이 먼저 세상을 뜨자, 전처 소생인 두 아들에게 상복을 입히고 시묘살이를 시키는 등 남편으로서의 도리를 다했습니다.

나는 재혼을 했으면서도 참으로 불행했네. 그렇지만 감히 댁을 박대하려는 마음을 가져 본 적이 없었고, 잘 대접하려고 수십 년 동안 갖은 노력을 다했네. 그 사이에 때로는 마음이 흔들리고 번거로워 참기 힘겹고 민망한 때도 있었지만, 어떻게 정을 돌릴 수 있는가! ……옛사람이 말했듯이 아비가 부부의 도를 그르고서야 뒷날 자식의 부도덕을 어찌 바로잡을 수 있겠는가! 또 부부의 도를 실천하지 아니하고서 학문은 무엇 때문에 하겠는가! 군자의 도는 부부 생활로부터 이루어지는 것을. _퇴계가 제자 이함형에게 보낸 편지

김점룡과 한씨 여인의 사랑 이야기

나주의 농사꾼 김점룡은 이웃 마을 한씨네 둘째 딸을 연모하여 장가갈 나이가 되었는데도 한사코 결혼을 미루다가 한씨의 정혼 소식을 듣고 앓아눕습니다. 점룡은 이후 한씨가 자신보다 형편이 나은 사내에게 시집간 것을 오히려 다행으로 여기며, 어머니가 정해준 배필에게 장가들어 아들 셋, 딸 둘을 낳고 잘 살았습니다.

15년이 흐른 어느 날, 갑자기 점룡은 열에 달떠 신음하고 토사곽란을 일으킵니다. 짚이는 데가 있었던 어머니는 이웃 사람을 통해 한씨가 남편을 잃고 어렵게 지내고 있음을 알아냅니다. 점룡은 1년 전부터 한씨 몰래 곡식을 채워 놓고, 땔감과 들꽃을 한씨 집에 가져다 두는 등 정성스레 바라지를 하고 있었습니다.

그러던 어느 날 밤, 점룡은 먹을 것을 싸들고 찾아갔다가 한씨와 맞닥뜨리고 맙니다. 그날부터 두 사람은 서로의 마음을 받아들이기로 합니다. 단 하룻밤을 함께 보낸 한씨와 점룡은 다음 날 숯덩이가 된 채 발견됩니다.

이 이야기는 다산 정약용의 《흠흠신서》에 나오는 살인 사건의 내막입니다. 두 사람 외에는 다녀간 사람의 흔적도, 밖에서 불을 지른 흔적도, 안에서 불을 피운 흔적도 없었기 때문에 수사를 담당한 관리는 두 사람의 사랑에서 비롯된 불이라 결론짓고, 수사를 종결지었습니다.

정약용의 회혼례를 담은 그림. 정약용은 유배로 인해 18년간 아내 홍씨와 떨어져 지내면서도 애틋한 부부애를 지킨 것으로 유명하다. 결혼 60주년을 기념해 마련한 회혼례 아침, 정약용은 세상을 떠나 이 자리에 참석하지 못했다. 국립중앙도서관 소장.

첫 번째 봉투는 대궐문 밖에서 뜯어보고 시행할 것이며

두 번째 봉투는 당도한 곳에서 뜯어보고

세 번째 봉투는 다시 그 뒤에 뜯어보아라

4

운명을 바꾼 기이한 만남

이
야
기
⋮
하
나

궁색한 참의 댁 아들, 암행어사가 되다

옛날에 관상을 잘 보는 무관이 있었는데 영흥의 부사로 제수되어 고을살이를 하게 되었다. 부임할 무렵에 거울로 자기의 상을 보니, 부임지에서 암행어사의 손에 죽을 운세인지라 크게 근심을 했다.

무관이 임금에게 하직하고 나와서 다락원의 주막에 이르러 점심을 먹을 때였다. 상복을 입은 사람이 주막 앞을 지나가는데, 얼핏 그의 상을 보니 오래지 않아 암행어사가 될 사람이었다.

무관이 주막의 주인에게 물어보았다.

"금방 지나간 사람은 대체 어느 댁 양반이오?"

"뒷마을 이 참의 댁 자제입지요. 얼마 전 참의 어른이 돌아가시어 소상이 지났는데, 그 댁이 워낙 처지가 딱하게 되었지요."

무관은 주인에게 그 집안에 대해 속속들이 캐물어 대강의 속사정을 파악했다. 그러고는 서리를 보내 조문을 간다고 알린 연후에 찾아가 영전에 엎드려 한바탕 곡을 했다. 참의 댁 아들은 그리하는 양을 보고 당연히 선친과 절친한 사이였으리라 짐작했다. 눈물을 거둔 무관이 참의 댁 아들에게 말했다.

"돌아가신 영감과의 교분을 생각하면 슬픔이 오히려 미진하오. 내 그동안 변방에 오래 머무른 탓에 소식이 끊겼는데, 사람의 일이 어찌 이에 이를 줄 생각했겠소. 소상이 지난 지금에야 부음을 듣고 문상을 오니 면목이 없구려."

무관은 말을 마치고는 다시 흐느끼다가 물었다.

"형편이 어렵다 들었는데 장례를 치르느라 빚이 많을 터이지요?"

참의 댁 아들이 말했다.

"이를 말이겠습니까?"

그러자 무관이 말했다.

"내가 이번에 외관직으로 부임하게 되었는데, 이 댁이 큰일을 당했으니 옛정과 우의를 생각해서 그 빚을 모두 갚아 드리고 싶소이다만, 관의 일이 번거롭게 많아 부임하는 즉시 돕기는 어려울 것 같소. 하지만 상주가 대상을 치르기 전이든 그 다음이든 말을 빌려서라도 찾아오면 내 후히 돕겠소."

그렇게 말한 후 무관은 참의 댁 아들에게 입문첩을 써 주었다.

참의 댁 아들이 무관을 배웅하고 안으로 들어가자, 어머니가 물었다.

"어떤 분이 문상을 와서 그리 애통해 하시더냐?"

"신임 부사라 합니다. 돌아가신 아버님과 절친하셨다며, 우리 장사

지낸 빚을 갚아 주겠다고 저더러 한번 내려오라는군요. 입문첩까지 적어 주고 가셨습니다."

"우리가 사람 살리는 부처님을 만난 모양이다. 천만다행이구나. 아무렴! 가야 하고말고!"

참의 댁 아들은 근근이 대상을 치르고 난 뒤, 가까스로 말과 하인을 빌려 영흥으로 갔다. 바람과 눈을 맞으며 먼 길을 달려온 탓에 영흥에 다다랐을 때는 행색이 매우 초췌했다. 참의 댁 아들은 입문첩을 내고 관문에 들어갔다. 영흥의 고을 원이 된 무관이 나와 맞이하는데, 찾아온 자의 용모를 보니 전과 판이하여 아무리 보아도 도무지 암행어사가 될 상이 아니다 싶었다. 그러자 참의 댁 아들을 매정하게 쫓아 버려야겠다는 생각이 들었다.

무관은 참의 댁 아들과 인사를 나눈 뒤에 퉁명스레 물었다.

"나와 무슨 안면이 있어 오셨소?"

"일전에 사또께서 제 집에 문상을 오셨다가, 이 입문첩까지 써 주시며 저보고 한번 내려오라 신신당부하지 않으셨습니까? 먼 길을 달려 이렇게 찾아왔는데, 지금 와서 모른 척하시니 이런 맹랑한 인사가 어

* **영흥(永興)** 함경남도 영흥군에 있는 읍.
* **다락원** 서울에서 의정부로 가는 길목에 있던 지명.
* **소상(小祥)** 사람이 죽은 지 일 년 만에 지내는 제사.
* **서리(書吏)** 중앙 관아에 속하여 문서의 기록과 관리를 맡아보던 하급의 구실아치.
* **외관직(外官職)** 지방의 문관과 무관을 통틀어 이르는 말.
* **대상(大祥)** 사람이 죽은 지 이 년 만에 지내는 제사.
* **입문첩(入門帖)** 관청에 들어갈 수 있도록 허가한 문서.

디 있소이까?"

"나는 그 댁에 문상을 간 적도 없거니와, 입문첩을 써 준 일도 없소. 처음 보는 손이 나를 이리 을러대다니 참으로 황당하구려."

주객 사이에 말이 오가는 와중에 점점 큰 소리가 났다. 이윽고 무관이 아전을 부르더니 끌어내라고 명을 내리는 한편, 관내의 백성들에게도,

"오늘 밤 이자를 재워 주면 곤장을 맞을 것이고, 또 그 벌로 서울에 심부름 가는 부역을 시킬 것이다."

하고 두루 알렸다.

참의 댁 아들은 쫓겨나듯 관문을 나섰다. 그러나 사또의 엄명이 내렸으니 누가 그를 재워 줄 것인가? 날씨는 바야흐로 혹한이고 해 또한 저물고 말았다. 동이고 서고 어디를 가서 문을 두드려도 집집마다 내쫓기고 마니, 오직 죽음을 기다릴밖에 달리 방도가 없었다.

그러다 마을 어느 모퉁이 빈 방앗간에 말을 세우고 하인과 함께 오들오들 떨고 있었는데, 때마침 소복을 입은 시골 부인네가 열예닐곱 살쯤 되어 보이는 딸과 열 살 남짓한 아들을 데리고 그 앞을 지나갔다. 그러더니 소복한 부인네가 혼자 되돌아 와서는 참의 댁 아들에

게 물었다.

“어디서 오신 길손이신데 이런 곤경을 만났는지요?”

대강 그 사정을 이야기했더니, 부인네가 말했다.

“에구! 상도 나리께서 영락없이 돌아가시게 되었구려.”

‘상도 나리’란 북도 사람들이 흔히 서울의 문벌 좋은 양반을 가리켜 부르는 말이었다.

“나는 이 마을에 사는 과부랍니다. 관가의 영을 어긴다고 설마 나를 죽이기야 하겠소. 먼저 사람을 살리고 봐야지.”

하더니 참의 댁 아들을 자기 집으로 데려가 큰 바가지에 따뜻한 물을 떠다 놓고 그의 얼굴을 물에 가까이 대도록 했다. 그러자 한참 만에 무언가 물속으로 쏙 빠지는데 얼음이었다. 그러고 나서는 온돌방에 앉히고 밥을 잘 차려 내왔다. 과부는 의로운 기개가 있는 사람이었고 집도 부유했다. 참의 댁 아들은 크게 치하하며 깊이 감사했다. 그 집에서 한 이틀 묵었을 즈음, 과부가 말했다.

“상도 나리! 금방 되돌아가시기 어려운 처지에, 또 사람 마음이란 게 별 연고도 없는 남을 오래 접대하다 보면 싫증이 나기 마련입니다. 나리가 까닭 없이 오래 머무르시면 서로 어색해지지 않겠습니까? 청컨대 제 딸자식을 소실로 삼으시지요. 제 딸자식이 제법 곱고 단정하다오.”

참의 댁 아들은 기꺼이 그 말을 따랐다. 신랑 대접을 받으니 옷과 음식도 더욱 풍성해졌다. 시일이 얼마 지나, 기다리고 있을 노모가 걱정된 참의 댁 아들이 서울로 되돌아가려 하자, 과부와 딸이 이구동성으로 말렸다.

"이런 엄동설한에 폭설로 길까지 막혔으니, 큰 고개를 넘으려다간 결코 목숨을 보존하지 못할 것입니다. 오랫동안 부모를 떠나 있는 것도 차마 못할 노릇이나, 아무래도 내년 봄까지 기다리시는 게 나을 듯하네요."

참의 댁 아들은 하는 수 없이 그 말을 따랐는데, 그곳에서 한 해 겨울을 보내는 사이에 영흥 부사의 탐학무도함에 대해 귀가 닳도록 듣게 되었다.

이윽고 날이 풀려 떠나려 하자 과부가 은전 육백 냥과 옷감 수십 필을 말에 실려 보냈다. 참의 댁 아들은 소실에게 훗날을 기약하고 서울로 돌아와서는 빚을 전부 갚았으며, 이때부터 신수가 트여서 그해 과거에 급제했다.

참의 댁 아들이 한림으로 임금을 경연에 모시고 있는데, 마침 주위가 조용해지자 임금이 말했다.

"경들은 옛날이야기나 한 자리씩 해 보오."

참의 댁 아들이 일어나 말했다.

"신이 몸소 겪었던 일을 옛날이야기로 바꿔 아뢰겠나이다."

그러고는 영흥에서 있었던 일을 옛날이야기처럼 꾸며 말했다. 임금은 바로 침전으로 가 봉투 셋을 들고 나오더니 손수 참의 댁 아들에게 내주며 분부했다.

"이 봉투에 차례를 매겨 놓았는데, 첫 번째 봉투는 대궐문 밖에서 뜯어보고 시행할 것이며, 두 번째 봉투는 당도한 곳에서 뜯어보고, 세 번째 봉투는 다시 그 뒤에 뜯어보아라."

참의 댁 아들이 대궐을 나와 첫 번째 봉투를 뜯어보니 영흥에 가서 탐관오리를 잡으라는 암행어사 임명이 아닌가!

참의 댁 아들은 즉시 출발하여 영흥에 당도했다. 곧바로 허름한 옷차림을 하고, 먼저 소실의 집에 들렀다. 소실의 어미는 그의 남루한 차림새를 보고는 별로 반기는 기색이 아니었다.

"무엇하러 먼 길을 왔소?"

"따님이 보고 싶어 왔다오."

참의 댁 아들은 이리 대답을 하고 냉큼 소실의 방으로 들어갔다. 두 사람은 반갑고 사랑스런 마음에 밤새도록 운우지정을 나누었다. 밤이 깊자 참의 댁 아들은 소실이 곤히 잠든 틈에 슬그머니 빠져나왔다. 소실의 마음을 떠보기 위함이었다.

얼핏 잠에서 깬 소실이 팔을 뻗어 보다가 사람이 없자 벌떡 일어나 어미를 불러 울며불며 법석을 피웠다.

- **한림(翰林)** 조선 시대 예문관(藝文館)에서 사초(史草)를 맡아보던 정구품 벼슬.
- **경연(經筵)** 임금이 학문을 닦기 위해 학식과 덕망이 높은 신하를 불러 경서(經書) 및 왕도(王道)에 관해 강론하게 하던 일.
- **운우지정(雲雨之情)** 남녀 사이에 육체적으로 관계하는 정.

"낮에 어머니가 달갑지 않은 기색을 보인 탓에 나리가 화가 나서 가 버렸나 봐요."

"무슨 말이냐? 내 접대가 어쨌기에 화를 낸단 말이냐?"

"저 하나 보려고 이 먼 곳까지 오신 분을 박정하게 대하는데, 화를 안 낼 사람이 있나요? 사방을 둘러보아도 아는 사람 하나 없는 이 땅에, 올 데 갈 데 없이 춥고 굶주려 죽기 십상이니 제 마음이 어떻겠어요?"

소실은 하염없이 울다가 제 어미가 거듭 타이르자 겨우 그쳤다.

한편 암행어사가 된 참의 댁 아들은 내려올 때의 옷차림으로 바꿔 입은 다음, 서리와 추종들을 불러 어사출두를 했다. 관아의 뜰에 횃불을 가득 밝혀 창고를 봉하는 한편, 세 향소와 이방과 호장을 잡아들여 형틀 위에 올려놓으니 온 고을이 떠들썩했다.

과부도 딸을 데리고 가서는 담에 기대어 불빛 아래 있는 어사를 한참 구경했다. 이제 그만 가자고 해도 더 구경하다 오겠다던 딸이 잠시 후 헐레벌떡 집으로 달려오더니 말했다.

"어머니! 어머니! 어사가 누군 줄 아세요? 다름아닌 바로 우리 집 나리였어요."

"그럴 리가 있느냐?"

"제 눈으로 똑똑히 봤어요. 어서 가서 봐요."

과부가 다시 달려가 눈을 씻고 바라보니, 과연 딸의 말과 같았다. 둘은 뛸 듯이 기뻐하며 돌아와서도 잠을 이루지 못했다.

참의 댁 아들은 즉시 영흥 부사가 공금을 횡령하고, 백성의 재물을 빼앗는 등 고을 원으로 있으면서 저지른 죄를 낱낱이 기록하여 임금께 고했다. 이어 두 번째 봉투를 뜯어보니 곧바로 영흥 부사를 조치하라는 특명인지라 즉시 그간의 사정을 감영에 알렸다. 그러자 며칠 지나지 않아 금오랑이 달려와 영흥 부사를 잡아갔다.

다시 세 번째 봉투를 뜯어보니, 그것은 소실을 둘째 부인으로 삼으라는 분부였다. 참의 댁 아들은 곧바로 가마를 보내 앞뒤에서 호위하도록 하여 소실을 맞아들였다. 평범한 백성이 마침내 관부의 안방마님이 되니 그 영예로움을 칭송하지 않는 사람이 없었다.

일이 이렇게 되었으니 그 무관은 진실로 관상을 잘 본 것이 아니었다.

- **추종**(趨從) 어사를 따라다니며 명령을 수행하는 사람.
- **향소**(鄕所) 좌수(座首), 별감(別監) 등 향청(鄕廳)의 책임자들. 그 지방 출신으로 수령의 행정을 보좌했다.
- **이방**(吏房) 고을의 관청에서 사무를 담당하던 아전.
- **호장**(戶長) 고을의 관청에서 일하는 구실아치의 우두머리.
- **감영**(監營) 조선 시대에 관찰사가 직무를 보던 관아.
- **금오랑**(金吾郎) 의금부도사(義禁府都事)의 다른 이름. 조선 시대에 왕명을 받들어 죄인을 다스리던 의금부의 관리.

이야기 : 둘

남편을 스스로 택한 지혜로운 여종

옛날에 한 대감이 있었다. 대감은 노모를 잘 봉양하려는 효심이 있었으나, 날마다 안팎의 일로 바빠서 도무지 옆에서 모실 겨를이 없었다. 대감의 집에 여종이 하나 있었는데, 나이는 열다섯 살 남짓으로 자태도 고왔지만 천품이 총명했다. 여종은 대감 댁 노마님의 뜻을 잘 받들어 먹을 것과 입을 것을 때맞춰 처리했고, 일상생활에서도 눈치 빠르고 재치 있게 살피고 잘 모셨다. 그리해 노마님은 편안히 지낼 수 있었고, 덕분에 대감은 자기 노모를 기쁘게 할 수 있었으며, 집안사람들도 수고를 덜 수 있었다.

여종은 집안의 귀염을 독차지해 상으로 받은 물건만도 이루 헤아릴 수 없었는데, 행랑채에 따로 방 하나를 마련해 그 방에다 글씨와 그림, 세간 등을 아주 보기 좋게 갖추어 두고는, 조금이라도 짬이 생길

적마다 그 방에서 쉬었다.

부호가의 자제들은 대감 댁과 연결해 줄을 대려는 수단으로 이용하려고 천금을 아끼지 않고 그 여종을 취하고자 했다. 그러나 여종은 모두 다 거절하면서 굳은 마음으로 맹세했다.

'세상에 마음에 드는 사람이 없으면 차라리 빈방에서 늙고 말리.'

하루는 여종이 노마님 심부름으로 일가 댁에 문안을 다녀오는 길에 갑자기 소나기를 만났다. 부리나케 집으로 뛰어오는데, 쑥대머리에 때가 잔뜩 낀 얼굴을 한 거지가 대문 앞에서 비를 피해 서 있었다. 여종은 첫눈에 보통 소년이 아닌 줄 알고 자기 방으로 데리고 가,

"잠깐만 여기 계시지요."

하고는, 방문에 빗장을 지르고 안채로 총총히 가 버렸다. 혼자 남은 거지는 이리저리 생각해 보았으나 도무지 영문을 알 수 없어, 우선 하는 대로 맡겨 두고 다음 말을 들어 보기로 했다.

얼마 뒤, 여종이 방문을 열고 들어와 거지를 자세히 뜯어보고는 얼굴 가득 기쁜 빛을 드러냈다. 여종은 먼저 나뭇단을 사다가 물을 데우고 목간통을 준비해 거지에게 몸을 씻도록 한 다음, 저녁상을 잘 차려 주었다.

좋은 음식들이 굶주린 창자에 들어가 걸신을 때려눕혔다. 주홍빛 반상과 아름다운 그림이 그려진 그릇들은 빛과 무늬가 아롱져 황홀했는데, 마치 신기루를 보는 것 같았다. 날은 벌써 어둑어둑해져 인정의 종이 울리자, 둘은 수놓은 비단 이불 아래 함께 잠이 들었다.

새벽녘에 여종은 거지에게 상투를 틀고 갓을 쓰게 했다. 번듯한 옷을 입히니 몸에 썩 잘 맞아서 과연 외양도 훤칠하고 기상도 당당해, 전날의 초라했던 거지 모습은 다시 찾아볼 길이 없었다.

"여보, 들어가서 노마님과 대감님을 뵈세요. 만일 말씀이 있으시면 꼭 제가 하라는 대로 대답을 하세요."

여종의 당부에 거지는 그러마 하고 대답하고 곧 대감께 자신의 모습을 보이고 아뢰었다. 대감은,

"허! 이 아이가 전부터 짝을 가려서 구하더니만, 오늘 졸지에 인연을 맺은 걸 보면 필시 아주 마음에 꼭 드는 사람을 만난 모양이로구먼."

하고 거지를 가까이 나오게 하여 물었다.

"그래, 너는 무슨 일을 하느냐?"

"소인은 약간의 돈과 재물을 가지고 사람을 시켜 전국 팔도에 장사를 해서, 물가의 변동에 맞춰 시기를 보아 이문을 남기는 일을 하고 있습지요."

대감은 대단히 기뻐하며 거지를 미덥게 보고는 융숭하게 대접했다. 그

- **걸신(乞神)** 빌어먹는 귀신. 배가 고파 염치없이 지나치게 탐하는 마음을 비유적으로 이르는 말.
- **인정(人定)** 밤에 통행을 금지하기 위해 종을 치던 일.

날부터 거지가 놀고먹으며 전혀 일을 하지 않자 여종이 나무랐다.

"사람이 세상을 살아가기 위해 저마다 하는 일이 있지 않나요? 한데 당신은 장차 어찌 살려는 방도는 찾지 않고 하릴없이 밥만 축내고 있구려."

"계책을 세워 살 도리를 마련하자면, 필히 은전 열 말은 있어야겠구려."

"내가 당신을 위해 한번 주선해 보지요."

여종이 내당에 들어가 틈을 보아 노마님께 간청을 드렸더니, 노마님이 대감에게 그 말을 전했고, 대감은 거지가 원하는 만큼 주었다.

거지는 은전을 가지고 서울의 시장에 갔다. 거기서 약간 낡은 옷가지를 많이 사서는 한길에다 쌓아 놓았다. 그러고는 평소에 같이 다니던 걸인들을 다 불러들여 나눠 주었다. 다음으로 서강의 거지들을 불러 모아 역시 그렇게 했다. 그리고 차츰 먼 지방까지 두루 찾아다니며 정처 없이 떠도는 무리들에게 빠짐없이 자비로운 마음을 베풀었다. 사들인 헌 옷가지들을 말 등에 싣고 팔도를 돌아다니며 모두 주고 나니, 남은 것은 말 한 필과 옷 몇 벌뿐이었다.

거지는 말 등에 올라 길을 갔다. 때마침 추석 때여서 둥그런 달이 막 떠올랐는데, 들판에는 엷은 안개가 감돌고 있었다. 평탄한 길이 교외로 뻗어 있는데, 사방에 지나는 사람 하나 없었다. 거지는 채찍을 들어 갈 길을 재촉하며 아무 데고 닿는 대로 멈추려고 마음을 먹었다. 한참을 가다 큰 다리를 지나는데, 다리 밑에서 빨래하는 소리와 함께 두런두런하는 말소리가 들렸다.

혹시 도깨비가 아닌가 싶어 의아한 생각이 든 거지는 말에서 내려 난간에 기대 다리 아래를 굽어보았다. 영감과 할멈이 옷을 벗고 맨몸을 드러낸 채 입었던 옷가지를 빨고 있다가 인기척에 깜짝 놀라더니 자신들의 알몸이 부끄러운지 손을 저어 피하며 몸 둘 바를 몰라 했다.

거지는 영감과 할멈을 다리 위로 불러서는 가지고 있던 옷가지를 주어 입게 했다. 그러자 영감과 할멈이 굽실굽실 감사를 표하고 굳이 자기네 집으로 가자고 이끄는 바람에 거기서 하루를 묵게 되었다. 그 집은 서까래 서넛을 올린 허름한 집으로 간신히 비바람이나 가릴 수 있을 정도였다.

거지는 말을 밖에 매어 두고 방으로 들어갔다. 영감과 할멈은 부산을 떨더니 거친 밥과 쓴 나물로 저녁을 대접했다. 거지는 실컷 먹은 다음 잠을 자려고 베개를 하나 청했는데, 영감과 할멈은 서까래 사이에서 바가지 같은 것을 꺼내 주었다.

"이걸 베고 주무시지요."

거지는 어둡고 캄캄한 방에서 그걸 베고 누워서는 손으로 더듬어 보았다. 쇠붙이나 돌은 아니고 흙이나 나무도 아닌 것 같았다. 조심스레 긁어 보아도 무엇인지 도통 알 수가 없었다. 그런데 갑자기 울타리 밖에서 왁자지껄한 소리가 들렸다. 썩 위엄을 차리는 것이 어떤 귀한 사람이 문밖에 온 것 같았다. 이윽고 졸개 하나가 명을 받고 방으로 들어오더니 그 바가지를 빼앗아 가려는 것이 아닌가?

"이건 내가 베는 것이니 분명코 남에게 줄 것이 아니도다!"

거지가 소리치자, 이번에는 졸개 여럿이 잇달아 들어와 빼앗으려 했

다. 그러나 거지가 꼭 붙잡고 내주지 않자, 이윽고 귀인이 직접 들어와서 힐난하는 것이었다.

"너는 어떻게 저 기물의 용도를 알아 그처럼 보물로 여기느냐?"

"용도는 모르나 내 수중에 들어왔으니 소홀히 남에게 내줄 수 없는 법 아니오?"

"저것은 돈을 낳는 좋은 보물이다. 금가루나 은가루를 저 안에 넣고 흔들면 금방 은이나 금이 가득 찰 것이다. 너는 꼭 삼 년을 기다려 다른 사람들이 혹시 엿보아 알지 못하게 저것을 동작 나루에 던져라. 실수가 없도록 조심해야 하느니라. 알겠느냐?"

거지가 너무 기뻐 소리를 지르다 깨어 보니, 예사로운 한 조각 꿈이 아닌가? 이미 하늘빛은 새벽을 향해 가고 있었다. 영감과 할멈은 벌써 일어나 있었다.

"혹 내 망아지와 이 바가지를 바꾸시려오?"

"이런 일 전어치도 안 되는 걸 어찌 좋은 말과 바꾼단 말이오?"

영감이 펄쩍 뛰며 사양하는데, 거지는 입고 있던 옷을 벗어서 벽에 걸어 두고 말은 문틀에다 매어 놓고서는, 영감의 헌 누더기를 자기 몸에 걸치고 그 바가지를 허리춤에 차더니 길을 나섰다. 길에서 걸식을 하며 돌아오니 다시 영락없는 거지꼴이었다. 터덜터덜 걸어서 여러 날 만에 서울에 당도한 거지는 곧바로 대감 댁 문전을 바라보고 걸어가며 문득 마음속으로,

'저번 문을 나설 땐 천만의 은전을 가졌더니, 오늘 밤 돌아오면서는 돈은 다 떨어지고 해진 옷뿐이로구나. 행여 남의 이목에 거리낄까 걱

정이군. 잠깐 밖에서 기다렸다가 봉홧불이 오르고 난 뒤, 종이 울리기 전에 고요한 틈을 타서 들어가는 것이 좋겠다.'
라고 생각했다.

거지는 술집에 몸을 숨기고 밤이 이슥해지기를 기다렸다가, 대감 댁으로 절름거리며 들어갔다.

행랑채의 문짝은 반쯤 기울어져 있었고 방문은 굳게 잠겨 있었다. 거지는 깜깜하고 으슥한 곳에서 숨을 죽인 채 기다렸다. 이윽고 여종이 나오더니 빗장을 뽑으면서 중얼거리는 것이었다.

"오늘도 거리에 종이 울리는구나. 내 이 두 눈깔이 사람을 바로 보지 못해 이런 신세가 되었으니, 이제 후회한들 무슨 소용이 있겠는가? 아! 장차 이 일을 어찌하면 좋을까?"

거지는 가늘게 기침 소리를 내서 자기가 온 것을 알렸다. 여종은 깜짝 놀라 소리쳤다.

"뉘시오?"

"나요."

"도대체 어디 갔다 이제야 오는 거예요?"

"어서 방문을 열고 등불이나 켜시오."

거지는 바가지를 들고 방에 들어갔다. 촛불 아래 마주 앉으니, 야위고

때 낀 얼굴에 남루한 옷이 지난날에 비해 곱절로 서글퍼 보였다. 여종은 눈물을 머금고 방문을 열고 나가, 저녁을 챙겨 들어와 배를 채우게 했다.

그날 밤이 지나 새벽종이 울리자, 여종은 거지를 발로 차서 깨웠다. 은전을 탕진해 버린 벌을 받지 않기 위해 값진 보화를 조금 챙겨 도망가기 위해서였다. 그러자 거지는 눈을 부라리며 꽥 소리를 질렀다.

"내 차라리 사실대로 고백하여 죗값을 치를망정, 어찌 도망하여 다시 재앙의 법망에 걸리려 하는 게요?"

여종은 화를 내며,

"당신은 처자 하나도 건사하지 못하면서, 어찌 자기로 인해 남을 곤경에 빠뜨려 날마다 매를 맞게 하려는 거예요? 그게 장부로서 할 일인가요?"

했다. 그러자 거지는,

"당신이 어리석은 견해를 계속 고집한다면 내 마땅히 대감께 먼저 고해 조금이나마 스스로 저지른 잘못을 뉘우치겠소."

라고 하니, 여종은 어쩔 수 없이 분한 마음을 머금고 다시 내실로 휑하니 가 버렸다.

방 안에 혼자 남은 거지는 바가지를 꺼내 놓고 여종이 챙겨 놓은 상자 속에서 은 조각을 꺼내어 집어넣었다. 속으로 천지신명께 빌며 그것을 힘껏 흔든 뒤에 뚜껑을 열고 들여다보니 눈처럼 하얗게 아롱대는 은이 바가지에 그득했다. 거지는 바가지에 가득 담긴 은을 방구석의 움푹한 곳에다 쏟아 부었다. 그리고 다시 바가지를 흔들어 붓고 또 부으니, 은이 금방 천장에 닿을 듯했다. 거지는 넓은 보자기로 그것을

가려 두고는 이내 베개를 높이 베고 다시 잠이 들었다.

한참 후 여종이 돌아왔다. 방구석에 무언가 쌓여 있는 것을 보고 의아하여 보자기를 들추어 보니, 하얀 은이 산더미같이 쌓여서 몇 천 말이나 될 정도였다. 놀라움에 벙어리처럼 입이 막히고 눈이 휘둥그레졌다가 겨우 정신을 차리고 물었다.

"이게 다 어디서 생겼소? 어쩌면 이리도 많소?"

거지는 웃으며 대답했다.

"소견 좁은 아녀자가 장부가 꾀하는 일을 어찌 알겠소?"

내외는 웃고 기뻐하며 아침이 되기를 기다렸다가 새 옷으로 갈아입고 대감께 인사를 드리러 갔다. 대감은 당초 집안의 온 재산을 거지에게 내맡겼는데, 한번 나가더니 오래도록 그림자도 비치지 않아서 몹시 의심하고 걱정하던 차였다. 그런데 간밤에 한 겸인 아이가, 거지가 낭패한 모습으로 돌아온 것을 보고 대감께 일일이 아뢰었던 것이다.

대감은 경악하여 밤새 잠을 이루지 못했다. 그런데 거지가 깨끗하게 의복을 차려입고 와서 절하는 것을 보고, 대감은 긴가민가하는 마음으로 얼른 장사가 잘되었는지부터 물었다.

"대감께서 크게 도와주신 덕분에 이문을 많이 보았습지요. 본전과 이자로 스무 말의 은전을 바쳐서 대감의 은덕을 갚고자 하옵니다."

"내 어찌 너에게 이자까지 쳐서 받을 수 있겠느냐? 그러지 말고 본전만 갚도록 해라. 여러 말하여 다시 번거롭게 말아라."

"소인은 죽어도 이자를 안 갚고는 못 가옵니다."

거지가 은전을 마당에다 져다 놓으니 마치 눈이 쌓인 듯했는데, 적어도 삼사십 말은 될 성싶었다. 대감은 본래 이끗에 밝은 사람인지라 그것을 기쁘게 받았다. 여종은 열 말을 노마님께 바쳐 정성을 표했고, 또 열 말을 여러 부인에게 나누어 드렸다. 그런 다음 겸인과 비복에게까지 얼마간의 은전을 나누어 주었다. 온 집안이 모두 감탄하고, 부러움에 혀를 차며 칭송했다.

대감은 간밤에 거지가 남루한 모습으로 들어오더라 한 겸인 아이의 말은 거지를 모함하려는 것으로 생각하고 노모에게 아뢰었다.

"겸인 놈이 여종을 시기해서 얼토당토않은 말을 꾸며 댔더군요. 비단옷으로 차려입었는데 누더기를 걸쳤다 하고, 전대에 돈이 가득한데 빈털터리 거지로 돌아왔다 했으니, 심보가 참으로 고약합니다."

대감은 겸인 아이를 모질게 책망했다. 겸인 아이가 계속 억울함을 아뢰었으나 믿어 주지 않고 곧 내치도록 했다.

여종과 거지는 그날부터 날로 넉넉해져서, 끝내는 돈을 바쳐 종살이에서 벗어나 양민이 되었다. 거지는 과연 삼 년 후에 제사를 지내고 바가지를 동작 나루에 던졌다. 여종과 거지는 백년해로했으며 자손이 번창해 벼슬에 오르는 자도 있었다고 한다.

• **겸인(傔人)** 청지기라고도 하며, 양반집에서 잡일을 맡아보거나 시중을 들던 사람을 가리킨다.

• **이끗** 재물의 이익이 되는 실마리.

이
야
기
…
셋

기생에게 통쾌하게 복수한 갖바치

성이 이씨인 사람이 있었다. 천인으로 부모처자도 없이 오직 형제 단둘이 살았는데, 빈궁하여 의지할 데 없이 떠도는 신세였다. 남문 밖 이문동에 권세 있는 한 정승 댁이 있었는데, 이씨 형제는 그 집 대문 밖 빈터에다 굴을 파고 움집을 만들어 거처하면서 가죽 다루는 일을 하며 살았다.

하루는 형이 패랭이를 쓰고 누더기를 걸친 채 어느 골목을 지나다가, 깔끔하게 치장된 기방을 보았다. 길을 향해 열린 창문에는 붉은 주렴이 드리워 있었는데, 발 사이로 아리따운 여자가 얼핏 보였다. 여자는 형을 보더니 비웃으며 이렇게 말했다.

"어휴! 저런 남자를 어떤 계집이 따를까?"

형은 집으로 돌아와 아우에게 말했다.

"오늘 우연히 어떤 젊은 여자에게 업신여김을 당했구나. 내 기어코 술수를 써서라도 그 여자의 버릇을 고쳐 놓고 말겠다."

그러고는 바로 정승 댁 뜰에 가 엎드려 아뢰었다.

"쇤네는 아무개이며 갖바치로서 대문 밖에 살고 있는 놈입니다. 돈 몇 꿰미만 빌려 주십사 하고 이렇게 찾아왔습니다. 몇 달 쓰다가 삼가 돌려 드리겠습니다."

정승은 그자가 천한 신분인데도 당당하게 말하는 것을 보고, 즉시 바라는 대로 빌려 주었다. 형은 빌린 돈을 짊어지고 움집으로 돌아와서 아우와 모의를 했다.

"내가 여차여차할 것이니, 너는 약차약차하여라. 네가 약차약차하면, 나는 여차여차할 것이다."

형제는 정승 댁에서 빌린 돈으로 날마다 고기를 사서 배불리 먹었다. 수십 일이 지나니 비쩍 마르고 시커멓던 얼굴이 깨끗해지고 윤기가 흘러, 더럽고 거칠던 모습은 사라지고 환하게 빛날 정도가 되었다. 또 비단 옷가지에 깃털 달린 모자, 담비 털옷과 향 부채 등을 사서 말쑥하게 차리고 나서니, 부유한 장사치나 호탕한 역관의 풍채였다.

날이 저물 무렵, 지난번 그 기방 골목으로 함께 들어가 창문에 주렴이 드리운 것을 보고 형이 아우에게 말했다.

"바로 이 집이다."

그러고는 즉시 술집으로 들어가 술을 약간 마시고 취한 척했다. 일부러 형은 그 집 문 앞을 지나가고, 아우는 건너편 거리에서 걸어와 거기서 마주치도록 했다. 한 여자가 창문가로 나와 발 사이로 이들을 엿보는데, 며칠 전 형을 비웃고 업신여기던 바로 그 여자였다.

여자는 본디 역관 집 출신으로 홀로 되었는데, 재산이 많아 주점을 내고 여종들을 시켜 손님을 맞도록 하고 있었다. 밖을 내다보니 두 길손이 마주 서서 대화를 나누는데, 외모가 훌륭하고 복식도 화사했다.

"나는 북경에서 금방 돌아왔네. 자네는 헤어진 이후로 편안한가?"

"오늘 자네를 만날 줄이야. 골목이 조용해 이야기할 만하네."

그들은 서로 '은화가 얼마입네.' '비단이 몇 필입네.' 하며 이런저런 말로 수작을 하는데, 여자가 듣기에 부유한 역관이 틀림없었다. 그렇게 마음이 끌리던 참에, 두 사람이 들어와 돈을 꺼내 술을 청하는 것이었다. 여자는 급히 비싼 술을 가져다 여종에게 올리게 했다. 계속 엿들으니, 모두 '아무 정승이 나와 가깝다.'라거니 '아무 장수가 나에게 부탁하는 일이 있다.'라거니 하는 따위여서, 여자는 두 사람이 꽤 세력 있고 부유한 역관이라고 확신했다. 여자는 두 사람이 나누는 말을 줄곧 엿듣느라 날이 어두워진 것도 몰랐다. 그러다가 두 사람 중 하나가 취해 쓰러져 버렸다. 다른 하나가 끌고 가려고 했으나 워낙 많이 취해서 갈 수가 없었다. 한 객은 근심스러운 나머지,

"날이 저물었는데 이렇게 취했으니 어쩌겠는가?"

하더니, 조금 머뭇거리다 곧 술집의 여종을 불러 말했다.

"이 사람은 나의 친구로 체정동 사는 이 동지라는 분이다. 지금 몹시 취하셨는데 날이 이미 저물었구나. 집이 성 밖에 있으니 돌아갈 길이 막막하다. 빈방에 들어가 주무시도록 하여 밖에서 노숙하시는 일이 없도록 해라. 내일 아침에 말과 사람이 올 것이다."

이어 주머니에서 돈을 꺼내 여종에게 주며,

"땔감을 사서 따뜻하게 주무시게 해라. 행여 병환이 나서는 안 될 것이니라."

하고 당부한 뒤 혼자 돌아갔다.

마음에 두었던 객이 뜻밖에 자고 가게 되니, 주인 여자는 크게 다행한 일로 여기며 즉시 여종들을 불러 분부했다.

"손님이 여기서 몹시 취하셨는데, 누추한 방에서 주무시다가 병환이라도 나시면 어쩌겠느냐? 내실이 따뜻하고 깨끗한 편이니 손님을 모시고 들어가도록 하자."

여종들이 부축하여 손님을 내실에 눕히자, 주인 여자는 조심스럽게 손님의 옷을 벗긴 다음 목침을 베어 주고 비단 이불을 덮어 주었다. 그리고 밤늦도록 그 옆에 앉아 술이 깨기를 기다렸으나 손님은 끝내 일어나지 않았다. 곁을 지키던 여자는 밤이 이슥해서야 비로소 잠이 들었다. 새벽녘에 이르러 술이 깬 손님은 일어나 앉아 눈을 둥그렇게 뜨고 야단스럽게 떠들어 댔다.

"대체 여기가 누구의 집이며, 내 어쩌다 이곳에 있는가? 어젯밤에 내가 그렇게 취했단 말인고?"

주인 여자는 정다운 말씨로 간밤의 일을 들려주고는, 곧 술기운이

가시도록 과일과 마실 것을 내왔다. 손님이 바로 일어서려고 하자,

"저희 집에는 보살필 남자가 없답니다. 여기 머물러 계시길 바라는 제 조그만 소원을 어길 것이 무에 있사옵니까?"

하고 한사코 붙드니, 손님은 마지못해 응낙했다. 아침을 들기 전인데 대문 밖에서 말 울음소리가 들렸다. 주인 여자가 주렴 사이로 보니 건장한 하인이 준마를 끌고 기세 좋게 와서 고하는 것이었다.

"저는 체정동 이 동지 댁 사람입니다."

주인 여자는 급히 손님 앞으로 다가가 한층 정다운 말씨로 조금 더 머물다 가기를 청했다. 손님은 마지못해 응낙을 하고 하인에게,

"내가 전갈하기를 기다려 다시 오너라."

하니 하인은 즉시 돌아갔다.

주인 여자는 더없이 기뻐하며 술과 음식을 정성껏 대접했다. 밤낮으로 곁에서 시중을 들면서 혹시라도 손님의 마음을 거스를까 봐 조바심을 냈다. 이튿날 아침 건장한 하인이 다시 오더니, 모 대감이 급히 쓸 곳이 있어 은 몇 냥을 빌렸으면 한다고 전하는 것이었다. 객은 즉시 주머니 속에서 열쇠를 꺼내 주면서 분부했다.

"이것을 가져다가 우리 집 금고 속에 있는 은을 달아서 원하는 양만큼 보내 드리도록 해라."

옆에서 이를 지켜보고 있던 주인 여자가 말했다.

"굳이 서방님 댁의 것을 보낼 필요가 있겠습니까? 저에게도 은이 있으니 그걸 가져가도록 하시지요."

"너에게 무슨 은이 있단 말이냐?"

그러자 주인 여자가 즉시 가져오는데, 최상품의 은이었다. 손님은,

"이건 그나마 쓸 만하겠군."

하고 하인에게 내주었다. 며칠 지나는 사이 또 하인이 와서 전했다.

"모 대감께서 병환이 들어 인삼을 써야 하는데, 강계의 산삼은 구하기 어려워 나리 댁에 보관하고 있는 것을 얻어다 쓰면 효험을 볼 수 있겠다 부탁을 합니다."

손님은 일부러 찡그리는 표정을 지으며 말했다.

"내가 몸소 집에 가야 찾을 수 있겠구먼."

그러자 주인 여자가 말했다.

"제게도 강계의 산삼이 있으니 대감이 구하시는 만큼 드릴 수 있습니다. 서방님이 굳이 가실 것은 없겠습니다."

"자네가 귀한 강계의 산삼을 어떻게 가지고 있단 말인가? 있다 한들 어떻게 내주려는가?"

주인 여자는 곧바로 들어가 산삼을 들고 나왔다. 손님은,

"과연 강계의 산삼이 맞구나."

하고, 또 그것을 하인에게 주었다.

주인 여자는 이런 일을 계기로 객이 부호임이 틀림없고 정말 세력이 있는 줄로 믿어, 이웃에게 자랑을 삼으리라 마음먹었다. 그리하여 손님의 마음을 꼭 붙잡아 두기 위해 손님이 닷새가량 머무는 동안, 농 속 깊이 간직한 좋은 비단을 꺼내 새 옷도 지어 입히고, 진귀한 음식과 향긋한 술로 극진하게 대접했다. 하루는 사람과 말이 이르러,

"모 대감께서 긴급히 의논할 일이 있기로 말을 보내 청합니다. 얼른

가셔야겠습니다.”

하고 전하는 것이었다. 여자는 초조한 마음에 물었다.

“서방님, 이제 돌아가시겠습니까?”

“급히 청하시니 아니 갈 수 있느냐? 집을 떠난 지도 오래되었다. 이참에 아무래도 돌아가야겠다.”

“서방님이 가시면 하녀를 보내 종종 문안을 드려야 할 터인데, 어디로 찾아가야 합니까?”

“남문 밖 이문동 안에 체정동이란 곳이 있다. 체정동에는 큰 집이 있는데, 문으로 들어가면 바깥 사랑이 나올 것이고, 그곳에는 꽃과 나무가 줄지어 서 있으니 거기가 곧 나의 집이란다.”

“쉽게 찾을 수 없으면 어찌하옵니까?”

그러자 손님은 호탕하게 웃으며,

“우리 집을 모르는 사람이 어디 있겠느냐?”

하고, 드디어 말에 올라 떠나갔다.

주인 여자는 안타까움에 며칠 동안 마음을 잡지 못하다가, 문득 술과 음식을 성대하게 마련해 여종들에게 체정동이란 곳을 찾아가게 했다.

체정동을 묻자 시장 사람들은 모두 다 웃으며 말했다.

"서울 산 지 오래여도 아직 체정동은 들어 보지 못했네. 대체 어디 있는 동네인가?"

여종들은 저물녘에야 돌아와서 체정동이란 곳을 찾을 수 없었다고 말하는 것이었다. 주인 여자는 혀를 차며 여종들을 나무랐다.

"너희들 참 답답하구나. 그 집을 뉘라서 모르겠느냐? 그런데도 못 찾았단 말이냐?"

이튿날 주인 여자는 몸소 나설 채비를 하고는, 여종들을 거느리고 남문 밖으로 나가 이문동에 이르렀다. 체정동을 찾아 넘어지고 엎어지고 숨을 헐떡이며 여기저기 헤맸으나, 역시 찾을 수 없었다. 날이 저물어 문득 고개를 돌리는데, 커다란 저택이 대로에 닿아 있는 게 보였다. 바삐 문에 다가갔더니 과연 꽃과 나무가 앞에 줄지어 있고 그 가운데 조그만 집이 날아갈 듯 앉아 있었는데, 그 앞에 젊은이 여럿이 깃털 달린 모자를 쓰고 한가롭게 놀고 있었다. 주인 여자는 마음이 들떠서는,

"여기가 바로 우리 집이다!"

하며, 여종을 꾸짖었다.

"이 집을 보아라. 틀림없지 않느냐? 너희들은 눈도 없느냐?"

이윽고 여종을 시켜 아무 서방님이 계시는가 묻도록 했다. 그러자 이미 사연을 알고 있던 젊은이들은 주인 여자를 비웃더니 문밖의 움집을 가리키며,

"저 집이다."

하는 것이었다. 주인 여자는 황당하여 어쩔 줄 모르다가 움집으로 발길을 옮겨 들어갔다. 집 안엔 두 사람이 앉아 가죽을 다루고 있었는데, 그중 하나가 바로 며칠 전 그 손님이었다. 누더기를 입고 머리를 숙인 채 해진 신을 꿰매다가 주인 여자가 다가서는 것을 얼핏 보더니, 뾰족한 칼을 들고 나와 주인 여자를 땅에 내동댕이치며 꾸짖었다.

"네가 어찌하여 왔느냐? 언젠가 나를 보고 '어휴! 저런 남자를 어떤 계집이 따를까?'라고 말한 일이 생각나느냐? 그렇게 말한 계집은 딴 사람이 아니고 바로 너다. 그런데 네가 어찌하여 여기에 왔느냐? 내 당장 칼로 도려낼 터이니, 너는 여기에 잠시도 머무르려 하지 마라."

주인 여자는 크게 놀랐다. 뒤늦게 그자가 자신이 주렴 안에서 비웃던 남자임을 알고는 크게 후회하고 분을 삭이며 돌아갔는데, 얼마 되지 않아 곧바로 병이 나 죽었다.

대저 그 손님은 이씨였으며, 다른 한 손님은 그의 아우였고, 하인이며 말은 모두 세를 낸 것이었다. 이 모두 주인 여자를 속인 것인데, 그 여자가 가지고 있던 은과 인삼으로 계교를 꾸민 것은 재상에게 빌린 돈을 갚기 위한 것이었다.

가죽을 다루자면 송곳을 쓰는데, 송곳이 무뎌지면 숫돌에 갈기 마련이다. 갖바치의 숫돌은 머리가 으레 푹 파여서 속담에 이르기를 '체정'이라 한다. 갖바치가 자기가 사는 곳을 체정동이라 한 것은 가죽 다루는 두 글자에서 이름을 딴 것이었다.

깊이 읽기
애정이 깃든 감동적인 인생 극장

함께 읽기
이런 사랑을 만난다면?

깊이 읽기

애정이 깃든 감동적인 인생 극장

◎ 현실적인 사랑 이야기

'야담'은 주로 일상생활이 벌어지는 공간에서 일어난 민간의 이야기를 한자로 기록한 것입니다. 17세기 후반 이후에 많이 나오는데, 일화(逸話)나 전설(傳說), 민담(民譚), 소화(笑話), 단편소설(短篇小說) 등을 포괄하는 개념이지요.

야담은 17세기 중반을 전후하여 크게 유행합니다. 유몽인의 《어우야담(於于野談)》이 '야담'이라는 제목을 붙이고 있지만 그 성격이 미흡한 데 반해, 임방(任埅, 1640~1724)의 《천예록(天倪錄)》은 야담의 완숙함을 보여 줍니다. 이 작품 외에도 18세기에 신돈복(辛敦復, 1692~1779)의 《학산한언(鶴山閑言)》, 임매(任邁, 1711~1779)의 《잡기고담(雜記古談)》, 노명흠(盧命欽, 1713~1775)의 《동패낙송(東稗洛誦)》, 안석경(安錫儆, 1718~1774)의 《삽교만록(霅橋漫錄)》 등의 야담이 있습니다.

19세기에 오면 이른바 3대 야담집이라 일컫는 《청구야담(靑邱野談)》, 《계서야담(溪西野談)》, 《동야휘집(東野彙輯)》 등이 편찬됩니다. 이 가운데 《청구야담》은 다른 야담이나 문집에서 여러 작자의 작품을 모으고, 편찬자 자신이 창작한 작품도 일부 보탠 것으로 보입니다. 특히 《청구야담》은 당시까지 전개되어 온 야담 문학의 집성이자 결정판이라 할 만큼 뛰어난 수준을 보여 주지요. 이 책을 통해 야담의 특성과 다양한 면모를 살펴볼 수 있습니다.

이러한 야담집의 중요한 내용이 바로 남녀 간의 사랑과 애정입니다. 이런 내용의 작품 속에는 전근대 공간에서 진지하게 자신의 삶을 꾸려 간 새로운 여성들이 등장합니다. 이 여성들은 현실적 억압과 시대가 가한 제도에 맞서 악전고투하면서, 자신의 힘으로 질곡의 공간을 빠져나와 새로운 삶을 개척해 나갑니다.

이 책에는 주로 조선 후기 야담 중에서 여성과 남성의 사랑과 애정을 다룬 작품을 선별해 담았습니다. 우리가 익히 알 듯이 한문 소설 중에 여성과 남성의 사랑을 다룬 것으로 '전기 소설(傳奇小說)'이 있습니다. 김시습의 《금오신화》 중에 〈이생규장전〉이 대표적이지요. 하지만 전기 소설에 보이는 남녀 간의 애정은 현실적이지 않고 신이한 내용이 많은 편이지요. 남녀가 꿈을 통해 사랑을 하거나, 생사를 넘나들면서 사랑을 하며, 시간과 공간을 가로지르며 애정을 나누는 것이 일반적이랍니다. 하지만 야담의 사랑과 애정은 전기 소설과는 사뭇 다릅니다. 대부분 조선 후기의 현실에서 일어나거나 있을 수 있는 만남이나 인연이 주를 이루고 있습니다.

이야기판과 창작의 절묘한 어울림

야담은 한문으로 기록된 어느 작품보다 내용이 풍부하고 재미가 있습니다. 야담이 지닌 흥미의 원리는 무엇일까요? 야담은 민간에서 전해지던 이야기를 듣고 기록자가 창작 정신을 발휘하여 기록한 것입니다. 그래서 야담은 이야기꾼이 이야기를 엮어 낸 솜씨와 그 솜씨가 잘 발휘되는 이야기판과 이를 흥미롭게 기록한 창작 정신이 하나로 어우러져 있습니다. 이야기를 구연하는 이야기꾼의 구연 솜씨도 중요하지만, 우리 속담에 "부처님 살찌고 여위기는 석수쟁이 손에 달렸다." 하듯이 기록자의 창작 정신과 솜씨 또한 중요합니다. 야담은 이야기판의 원리를 십분 받아들이고 여기에 기록자의 창작 정신과 수법이 어우러지는 특징 때문에 당대 민간의 속내를 풍부하게 반영하고 내용과 문체, 세계관 등에서 한문 소설과는 다른 특성을 지닙니다.

야담에 나온 한문 단편은 시정의 이러저러한 모습과 민중의 다양한 생활 모습을 많이 담고 있습니다. 작품에 나오는 인물, 그들의 대화나 행동, 생각에서 민간의 생기발랄함을 느낄 수 있습니다. 야담이 한문으로 기록되어 있음에도 종종 민간의 말씨가 느껴지는 것은 이 때문입니다.

야담은 전기 소설의 세련되고 꾸밈 많은 문체와 달리, 소박한 문체가 특징입니다. 서사의 구성은 대부분 이야기판의 원리를 받아들이지요. 이야기의 서사 구성 방식이나 소박한 문체적 특성은 입으로 전해지던 이야기가 작품으로 성립된 과정과 깊은 관련이 있습니다. 야담의 서술 방식은 '이야기투'입니다. 특정한 인물이 엮어 내는 흥미로운 사건을 줄거리에 따라 순차적으로 기술하는 '이야기투'의 서술 방식은 서사 구성에 별 무리가 없고 내용을 이해하기 쉽다는 장점이 있습니다. 하지만 서사 중심으로 사건의 전개 과정을 그리는 데 치중하므로, 등장인물의 내면에 대한 묘사, 정황에 대한 세세한 묘사 등에 주의를 기울이지 않습니다. 그래서 야담은 인생에 대한 깊은 고뇌를 담거나 인생 자체를 문제 삼지 못합니다. 인간이 근원적으로 지닌 무력함과 나약함, 그 소심함과 상처 받기 쉬움 따위의 면모를 성찰하거나 이해하는 데도 깊은 관심을 보이지 못하지요.

야담의 이러한 문체적 특성과 구성 방식은 그 바탕을 이루는 세계관과 깊은 관련을 맺고 있습니다. 야담은 주로 시정에서 입으로 전해지던 이야기를 듣고 기록으로 옮긴 것이 많기 때문에 그 세계관이 민중적입니다. 시정에서 떠도는 이야기 자체에 민중의 관점과 지배층의 관점, 민중의 사유와 지배층의 사유, 민중의 말과 지배층의 말이 함께 섞여 있기 때문에 이야기와 그 이야기를 옮기는 과정에 따라 지향하는 바가 다를 수도 있습니다. 야담에서 종종 지배층의 이념이나 시각이 보이는 것도 그 때문입니다. 또한 야담은 기록 과정에서 기록자에 따라 다소 윤색되거나, 기록자의 시각이 들어갈 수도 있습니다. 더러 야담이 사대부적 시각을 보이는 것 역시 이 때문입니다.

야담은 민간의 이야기에서 소재를 취해 왔기 때문에 내용도 아주 다양하며, 인물 역시 각계각층에서 다양하게 등장합니다. 야담은 인간이 살아가면서 볼 수 있는 거의 모든 것을 소재나 주제로 다루고 있기 때문에 작품이 추구하는 주제 역시 매우 다양하지요. 특히 남녀 간의 애정을 문제 삼고, 부를 얻는 과정을 주제로 삼은 점은 인간의 욕망과 물질생활에 대한 지대한 관심을 반영한 것입니다. 이는 조선 후기 일반 민중이 지녔던 애정과 욕망과 바람을 표현한 것으로 보입니다.

야담의 또 하나의 특징은 현실을 매우 낙관적으로 바라본다는 점입니다. 작품 대부분이 행복한 결말을 맺고 있다는 데서 알 수 있지요. 주인공 앞에 펼쳐진 숱한 어려움과 난관은 결국에는 극복됩니다. 밝고 낙관적인 태도가 작품을 지배하지요. 전기 소설에서 시종 어둡고 비관적인 태도가 작품을 억누르며 마침내 비극적으로 끝나는 것과는 사뭇 대조적입니다. 야담의 이러한 낙관주의는 현실에 대한 민중의 넉넉하고도 유연한 태도, 현실의 고난에도 불구하고 결코 좌절하지 않는 민중의 삶에서 비롯된 것이라고 할 수 있습니다.

애정을 위한 다양한 갈등과 해결

지금부터 남녀 간의 애정과 인연을 이룬 열 편의 작품을 이해하기 위한 길라잡이를 시작해 보려 합니다. 작품마다 인물의 성격과 서사 구성을 짚어 보며 남녀가 어떻게 만나고 어떻게 인연을 맺으며, 그 인연이 역사적으로 어떠한 의미를 지니는지 알아봅시다.

〈눈을 쓸면서 옥소선을 엿보다〉는 평양 감사의 아들과 기생 옥소선의 사랑을 그린 이야기입니다. 비슷한 이야기가 여러 야담집에 실려 있을 정도로 주목을 끈 작품입니다. 이 작품의 주제는 평양 감사의 아들과 기생이 신분을 초월해 사랑을 이루는 것입니다. 처음에 감사의 아들은 옥소선을 한갓 기생으로 희롱하는 정도였고, 옥소선도 기생이라는 자신의 현실에 순응했답니다. 그런데 눈이 하얗게 쌓인 산속 절집의 꽤나 아름다운 분위기에서 문득 옥소선이 떠오르자, 감사의 아들은 비로소 사랑의 감정을 느끼지요. 감사의 아들은 사랑의 감정을 못 이겨 당장 과거 공부도 집어치우고 부모님께 알리지도 않고, 사랑하는 임을 찾아 평양으로 무작정 나섭니다. 그야말로 반사회적이고 반도덕적인 패륜이 아니겠습니까? 옥소선 역시 순수한 인간의 감정으로 돌아온 임의 가장 순진한 사랑을 받아들입니다. 하지만 일단 사랑을 이루었으나, 그 때문에 두 사람은 용납 못할 존재가 되고 맙니다.

감사의 아들은 옥소선과 아무도 모르는 곳에서 숨어 사는 처지가 되지만, 그곳이 사랑의 영원한 보금자리일 수는 없었답니다. 그래서 완전한 사랑을 이루기 위해 성실하게 노력하지요. 그리고 과거에 급제함으로써 비로소 행복한 인생을 얻습니다. 과거 급제를 통해 사회적으로나 도덕적으로 구제받았음은 물론, 신분을 초월한 사랑이 인생의 행복이라는 차원에서 마지막 성공을 이룬 것이지요. 우리가 잘 알고 있듯이 《춘향전》에서도 두 주인공이 신분을 뛰어넘어 영원한 행복을 이룹니다. 이 도령과 춘향이 만나 사랑을 얻는 예는 야담에 자주 등장하는 소재입니다.

〈그리운 임과 다시 만난 일타홍〉은 정승 심희수와 아름다운 기생 일타홍의 사랑을 다룹니다. 이는 신분을 넘어 사랑을 성취한 이야기이기 때문에 근대에 들어서도 '야담'이라는 이름으로 계속 인기를 누렸습니다. 일흔 살가량 되는 심희수는 자신의 죽음을 미리 알고 지나간 일생을 회상하며 젊은 후배에게 일타홍과의 이야기를 들려줍니다. 주인공이 회고하는 방식으로 이야기가 전개되는 것이지요. 신기하고 이상한 내용은 없지만, 재주 있는 남자와 아름다운 여자의 기이한 만남과 헤어짐이라는 면에서는 신비로운 느낌을 줍니다. 출세하여 이름을 떨친다는 줄거리는 통속적인 흥밋거리지만, 신선의 시중을 드는 아이의 모습을 한 소년 시절의 심희수가 일타홍과 우연히 만나 사랑의 불길로 빠져들더니, 서로 과거 급제를 기약하고 헤어진 뒤에 다시 기이하게 만나는 과정에는 전체적으로 신비감이 짙게 드리워 있습니다.

〈담을 넘어 도망친 내시의 아내〉는 내시의 아내와 스님이 맺은 인연을 이야기로 꾸민 것입니다. 여주인공인 내시의 아내는 대담하고 적극적이며 정욕을 인간 삶의 기본으로 파악하고 이를 억압하는 상황을 스스로 해결합니다. 또한 자신의 처지를 냉철하게 인식해 첩의 길을 택하지 않고, 자신과 처지가 같은 스님을 선택합니다. 자신의 본성과 상대방의 본성을 아울러 해방시킨 것이지요.

내시의 아내는 적극적인 사고로 자신의 정체성을 되묻고, 인간성을 억압하는 공간을 헤쳐 나와 새로운 인생을 개척하기 위하여 부단히 노력합니다. 그리하여 마침내 자아를 실현했을 뿐만 아니라, 자신의 적극적 행동으로 왜곡된 스님의 본성도 해방시켰던 것입니다. 이러한 인생의 성공담에 기대고 있기 때문에 작품의 전체 분위기는 사뭇 밝고, 작품 곳곳의 성적인 묘사도 매우 유쾌하게 그려져 있습니다. 이 작품은 인간의 욕구 중 하나인 정욕을 긍정적으로 바라봅니다. 또한 여성이 배우자를 스스로 선택하는 것을 넘어, 쌍방의 인간성을 실현한다는 점에서 시종 건강한 면모를 보여 줍니다. 여기서 우리는 자신의 삶을 개척하고 자아를 실현한 새로운 여성상을 만나게 됩니다.

〈운명처럼 만난 소복 입은 여인〉은 영남의 한 선비가 불길한 운수를 앞에 두고 점을 쳐서 점쟁이가 시킨 대로 처신하여 미인도 얻고 과거 급제도 한다는 이야기입니다. 이 작품은 미리 점친 내용에 따라 운명이 결정되는 숙명론을 기본 틀로 하고 있습니다. 사실 신비한 숙명론을 바탕으로 한 야담은 적지 않게 남아 있습니다. 얼핏 보면, 영남의 선비가 주인공 같지만, 가만히 들여다보면 소복 입은 여성이 중요한 의미를 차지하고 있습니다.

소복 입은 여성과 하룻밤을 보내면 과거에 급제한다는 숙명론과 여성을 대상화한 서사 구성 때문에 겉보기에는 여성의 운명이 숙명에 따라 결정되는 듯하지만, 실제 내용을 찬찬히 뜯어 보면, 그렇지 않음을 금방 알아차릴 수 있습니다. 소복 입은 여성은 수절을 요구하는 시대적 정절 이념 아래에서도 오히려 적극적인 의지로 인생을 개척하고 난관을 극복하는 개성 있는 인물입니다. 이 여성이 서민 부잣집의 딸로 태어나 서민 부잣집으로 시집을 갔기 때문에 오히려 양반 가문의 여성과 다른 행동을 할 수 있었던 것이 아닌가 합니다. 그런 점에서 이 작품의 진정한 의미는 당대의 도덕에 자신을 희생하지 않고 자신의 인생을 스스로 개척한 것에 있는 게 아닐까요?

〈우하형과 죽음까지도 함께한 여종〉은 관청에서 종노릇을 하던 천한 신분의 여성이 합리적인 사고로 자기 인생을 치밀하게 설계하고 실천하여 자신이 원하는 남성을 선택한다는 이야기입니다. 여주인공은 사리에 밝고 영민해 현실을 냉철하게 읽고 자신 앞에 주어진 문제를 스스로 개척하는 현실주의적 인물입니다.

여주인공은 우하형을 도와서 보람을 찾으려 했고, 마침내 삶의 목적을 이룹니다. 그래서 남편이 죽자 방문을 걸어 잠그고 식음을 전폐한 다음, 조용히 남편의 뒤를 따라 죽습니다. 이는 규범에 사로잡혀 열녀가 되기 위한 것이라기보다는 한 인간이 할 일을 다 했다고 느꼈을 때, 이 세상에 더 머물러야 할 필요가 없음을 의미하는 것으로 볼 수 있습니다. 두 남녀가 죽음까지 함께한 것은 이들이 더욱 높은 차원의 인생을 살았음을 강조한 것으로, 이들의 진실한 사랑을 단적으로 보여 주는 증표가 아닐까요?

조선 사회가 여성의 사회 진출을 원천적으로 가로막는 남성 중심의 가부장제 사회임을 감안하면, 여주인공이 스스로 남성을 선택하고, 선택한 남성의 출세를 통해 추구한 것은 '대리 성취'가 아니었을까요? 따라서 이 작품에서 여성의 죽음을 단순히 비극적으로만 볼 수는 없습니다. 한 인간이 자신이 원하는 삶을 위해 성실하게 살다가 모든 것을 다 실현했을 때, 그 삶이 종결되는 것으로 서사를 구성하는 것은 매우 자연스러운 결말일 것입니다. 이야기를 읽는 사람들 역시 여기서 비장한 감회와 울림을 얻었겠지요?

이 작품에서 여주인공이 보통 이상의 뛰어난 인간형임은 그가 앞을 내다보고 자신의 삶을 설계한 것에서 분명하게 알 수 있습니다. 더욱이 그녀는 《박씨전》의 초인간적인 신비스러운 존재나 《구운몽》의 미화된 재자가인(才子佳人)이 아니고, 오직 합리적인 사고와 실천으로 현실에 대처하는 현실주의자입니다. 이는 하층민 속에서 등장한 새로운 여성상인 셈이지요.

〈꽃다운 아내와 재복을 얻은 채생〉은 역관 무역으로 부자가 된 김 노인이 청상과부가 된 자기 딸을 위해 몰락한 양반 가문의 자제 채생과 인연을 맺게 한 후 사위로 삼고, 어려운 문제를 해결하는 이야기입니다. 작품에서 김 노인은 역관으로 벼슬이 지추에 이르렀다고 나옵니다. 당시 역관은 중인이지만 외국 무역의 특권을 가졌기 때문에 큰 부자가 많았습니다. 이들은 외국을 왕래하면서 시대의 흐름을 일찍 깨달았으며 새로운 사상을 먼저 받아들이기도 합니다. 연암 박지원의 《허생전(許生傳)》에 나오는 서울 최고의 부자 변승업이 바로 그러한 인물이지요. 이 작품의 김 노인도 마찬가지랍니다.

겉으로 보면, 역관의 신분으로 돈을 많이 번 김 노인의 너그러운 성품이, 자존심 강하고 꼬장꼬장하며 가난한 선비 채 노인을 재물로 굴복시키고, 마침내 사위를 얻는다는 이야기로 볼 수 있습니다. 하지만 조금만 깊이 생각하면 역관과 몰락한 양반의 문제, 신분이 다른 두 사람의 애정 문제, 그리고 작품 속 인물의 성격 문제 등은 당시의 사회적 변화와 밀접한 관련이 있다는 사실을 알 수 있습니다. 특히 작품에서 채생의 아버지 채 노인은 낡은 양반 사회의 전통과 지체를 고수하려고 버티는 '굳어진 인간'의 경직성을 그대로 보여 줍니다. 반면에 역관 출신의 신흥 부자인 김 노인은 중인이지만, 외부의 도덕적 규범을 맹목적으로 순종하는 '굳어진 인간'이 아니라 매우 합리적이고 부드러우면서도 적극적인 인물로 등장합니다. 김 노인의 이러한 자세가 채 노인의 '경직성'을 파고들어 마침내 채 노인이 고집을 버리고 자기 쪽으로 끌려오게 만듭니다. 채 노인에 대한 김 노인의 승리는 당시의 사회, 신분적 동향의 일면을 잘 보여 주는 것으로, 어찌 보면 양반에 대한 중인의 역사적 승리를 보여 주는 것이라고도 할 수 있습니다.

여기서 주목할 사실은 두 사람의 대결 과정에서 드러난 두 주인공의 성격과 심리 묘사입니다. 완고하고 규범에 굳은 채 노인을 서서히 자기 쪽으로 끌어들이는 김 노인의 치밀하고도 막힘이 없는 언행, 이에 점차 이끌리는 채 노인의 변화 과정을 통해 두 인물의 성격과 심리가 생동감 있게 드러납니다. 더욱이 당대의 실상을 반영하는 세부 묘사와 구성 등은 야담계 소설의 탁월함을 잘 보여 줍니다.

〈양반 가문의 청상과부와 인연을 맺은 권생〉은 권생의 친구가 권생이 겪은 일을 옛날 이야기처럼 꾸며, 권생의 아버지 권 진사에게 들려주는 방식으로 풀어 나가고 있습니다. 그리고 양반 가문 여성의 개가(改嫁)가 이야기의 핵심을 이루지요. 개가란 혼인을 한 여성이 남편이 죽거나 남편과 이혼하여 다른 남성과 다시 혼인하는 것을 말합니다. 당시 양반 가문은 남편이 죽으면 여성을 다른 곳으로 시집보내지 않고 수절을 강요하거나 절개를 지키기 위해 따라 죽기를 요구하는 경우가 많았습니다. '도덕'이라는 이름으로 산 사람을 죽인 셈이지요. 문벌을 중시하는 양반 가문에 개가한 딸이 있으면 가문의 수치일 뿐만 아니라, 양반으로 행세할 수조차 없었습니다.

권생이 혼자된 서울 양반 가문의 여성과 인연을 맺은 것이 사건의 발단입니다. 권생은 두 가지 난관에 맞닥뜨리지요. 하나는 엄한 아버지이고, 다른 하나는 질투가 심하고 강퍅한 부인입니다. 권 진사는 가부장제 질서를 엄격하게 지키는 가장을 상징합니다. 권 진사는 가부장의 전형이자 규범을 그대로 준수하는 대표적 인물인 셈이지요. 또한 본처의 질투는 인정상 있을 수 있는 일로 그려집니다. 규범이나 사회 질서의 차원이 아니라 인간적인 측면에서 본다면 첩이나 소실을 두는 것에 화내고 질투하는 것은 당연한 일 아니겠습니까?

권생은 아버지 문제는 친구의 기지를 빌려 해결하고, 부인 문제는 아버지의 지혜로 해결합니다. 작품의 귀결이 소실 얻는 것을 묵인하는 것처럼 보이지만, 이는 작품이 진정으로 말하고자 하는 바는 아니지요. 작품이 결국 드러내고자 하는 것은 혼자된 양반 가문의 청상과부와 인연을 맺는 것이 인정상 가능하다는 것입니다. 여성의 개가를 중요한 내용으로 삼아 흥미롭게 다룬 것은 그 문제를 긍정적으로 바라보고 있음을 말해 줍니다.

조선 시대에 유교적 도덕이라는 이름으로 여성에게 가해진 폭력 중의 하나가 개가 금지임을 생각하면, 이 점을 끄집어내어 부각한 것만으로도 충분한 의미가 있습니다. 작품은 처음부터 끝까지 여성의 개가 문제를 아름다운 이야기로 다루고 있는데, 그 속을 들여다보면 다분히 여성의 개가를 긍정하는 입김을 느낄 수 있습니다. 이는 겉으로는 완고하고 굳어진 인간의 전형처럼 보이던 권 진사가 결국 자신의 아들로 인해 여성의 개가 문제를 긍정하며 결말을 맺는다는 사실에서 알 수 있습니다. 권 진사가 권생과 어린 청상과부의 결연을 인정한 것은 아들을 도와준 것이라기보다는, 자신의 엄격한 성품과 도덕적 규범을 맹목적으로 따르지 않고 여기에서 스스로 빠져나온 것으로 보는 것이 합리적인 이해일 것입니다.

특히 이 작품에는 당시 안동 지방 양반 가문의 모습이 잘 나타나 있습니다. 이러한 엄한 가풍(家風)은 가부장제라는 절대적 권위에 의해 유지되었습니다. 권 진사가 가부장의 전형적 모습을 잘 보여 주고 있지요. 하지만 인간적인 아버지의 모습도 동시에 보여 주고 있어 흥미를 더합니다.

〈궁색한 참의 댁 아들, 암행어사가 되다〉는 한 무관이 관상을 잘 보았는데, 어느 몰락한 양반의 관상을 보고 난 이후 자신이 겪은 사건을 통해 관상이 빗나갔다는 결말로 끝나는 이야기입니다. 하지만 관상은 그저 이야기를 구성하기 위한 수단으로, 이야기를 담는 틀로 활용하고 있을 따름입니다. 우리는 이 틀에 담긴 이야기를 통해 궁한 선비였던 이 참의 댁 아들의 행동과 당대 현실의 이모저모를 볼 수 있습니다. 몰락한 양반들의 생활 모습, 영흥 읍내의 서민 부잣집 부녀자의 모습과 품성, 어사출두 광경 등을 매우 생생하게 파악할 수 있지요.

남녀 관계가 싱겁게 처리된 감이 있지만, 이 작품의 중심은 영흥의 상민(常民) 딸이 궁한 참의 댁 아들과 만나 '급기야 관부의 안방마님'이 되는 것에 있습니다. 작품에서 소복을 입은 부인네가 궁지에 몰린 이씨를 위해 자기 딸을 소실로 주겠다고 하는 대목이 나오는데, 이는 시골 상민의 처지로 서울 양반(상도 나리)을 존경한 나머지 막연한 기대를 걸어 보는 것으로 이해할 수 있습니다. 소복한 부인네의 딸과 인연을 맺은 참의 댁 아들이 서울로 가 급제를 한 후에 암행어사가 되었지만, 다시 초라한 모습으로 나타나자 소복한 부인네가 반기는 기색을 보이지 않은 것은 이 때문이지요.

딸이 낭군과의 재회를 못내 기뻐한 것도 인정상 충분히 있을 수 있는 일이라 하겠습니다. 딸과 암행어사는 형식적인 관계가 아니라, 인간적으로 서로 사랑했던 것이지요. 남녀 관계가 소박하게 그려져 애정 문제가 불러일으키는 흥미는 다소 적지만, 그 시대의 사정에 비추어 볼 때 오히려 이러한 관계가 사실에 가까운 것이기도 하답니다.

〈남편을 스스로 택한 지혜로운 여종〉은 대감의 여종이 자신의 마음에 드는 배우자를 직접 선택해 부부가 되고, 요술 바가지를 얻어 부유해지며 마침내 신분도 상승한다는 이야기입니다. 여종은 매우 개성이 뚜렷한 인물이지요. 마음에 드는 남성이 없으면 결코 혼인을 하지 않겠다는 것이나, 원하는 남성을 스스로 선택하고 적극적인 행동으로 부부가 되는 것에서 알 수 있습니다.

작품에서 여종이 배우자로 고른 상대가 양반이나 양민이 아니라 같은 처지의 거지라는 점은 매우 현실적입니다. 하지만 부자가 되는 장면은 비현실적이며 민담의 색채가 농후합니다. 마음씨 착한 주인공이 헐벗고 굶주린 사람들을 구제하여, 요술 바가지를 얻고 결국 부자가 되기 때문입니다. 바가지 속에서 보물이 나온다는 착상은 《흥부전》의 박을 타는 장면과도 비슷합니다. 요술 바가지를 동작 나루에 버리는 것으로 끝맺는 마지막 구성은 민담적이지만 재미가 있습니다. 부를 획득해 노비의 신분에서 벗어나고 자신이 원하는 진정한 애정을 성취하는 장면은 다른 작품에 없는 특징이기도 합니다.

〈기생에게 통쾌하게 복수한 갖바치〉는 천민인 갖바치 신세이던 이씨 형제가 주점을 하는 역관 집 출신 여성에게 당한 수모를 보기 좋게 앙갚음한다는 이야기입니다. 하지만 이야기의 이면에서는 기생의 뒤틀린 애정관을 풍자하고, 진정한 남녀의 만남이 어떤 것인지를 문제 삼고 있습니다. 남녀의 참다운 만남은 신분이나 경제력, 외모처럼 겉으로 드러난 것에 있는 것이 아니라는 사실을 잘 보여 주지요.

복수하기 위해 정승에게 돈을 꾸는 장면은 합리적이지 못한 설정이지만, 이 돈으로 수모를 앙갚음하는 과정은 매우 현실적입니다. 이씨 형제가 외모를 그럴듯하게 꾸민다거나, 부자 행세를 하여 의도적으로 주인 여성과 관계를 맺고, 그의 재산을 축내어 마침내 통쾌하게 앙갚음하는 것은 충분히 있을 법한 일이지요. 이 앙갚음은 오직 돈과 권세, 외모만을 중시하는 당대의 애정관을 신랄하게 풍자하는 것입니다.

함께 읽기

이런 사랑을 만난다면?

- 이 책에 등장하는 여성 중에서 가장 대담하고 적극적인 인물을 골라 보고, 그렇게 생각한 이유를 말해 봅시다.

- 〈눈을 쓸면서 옥소선을 엿보다〉와 《춘향전》을 비교해 보면서 옥소선과 성춘향의 같은 점과 다른 점, 평양 감사의 아들과 이몽룡의 같은 점과 다른 점을 함께 말해 봅시다.

- 〈눈을 쓸면서 옥소선을 엿보다〉와 《춘향전》은 모두 '과거 급제'로 신분 갈등이 해결된다고 볼 수 있습니다. 이러한 결말에 대한 자신의 생각을 말해 보고, 다른 방식의 결말을 생각해 봅시다.

- 〈그리운 임과 다시 만난 일타홍〉에서 일타홍은 죽음을 예감하면서도 두려워하지 않는 모습을 보여 줍니다. 〈우하형과 죽음까지도 함께한 여종〉에서의 주인공 수급비 역시 죽음을 담담하게 받아들입니다. 일타홍이 죽기 전에 남긴 말을 통해 그 이유를 추리해 보고, 일타홍과 수급비의 마음을 이야기해 봅시다.

- 〈그리운 임과 다시 만난 일타홍〉은 주인공 심희수가 후배에게 젊은 시절의 사랑 이야기를 들려주는 형식으로 되어 있습니다. 이렇게 이야기 속에 이야기가 들어 있는 짜임을 '액자식 구성'이라고 합니다. 액자식 구성이 이야기를 듣는 사람에게 주는 효과가 무엇인지 생각해 보고, 여러분이 알고 있는 액자식 구성의 소설이나 영화를 말해 봅시다.

- 〈담을 넘어 도망친 내시의 아내〉에서 익살을 잘 부리는 할머니는 자신의 젊은 시절 이야기를 웃으며 들려줍니다. 사랑을 이루기 위해 적극적이었던 할머니의 이야기를 소극적이었던 할아버지의 입장으로 바꾸어 이야기해 봅시다.

- 〈운명처럼 만난 소복 입은 여인〉에서 주인공 선비는 점쟁이의 말을 듣고 불길한 운수를 모면하고 행복해집니다. 여러분이 점쟁이를 찾아갔다가 불길한 예언을 듣는다면 어떻게 할 것인지 생각해 봅시다.

- 〈꽃다운 아내와 재복을 얻은 채생〉에서 채 노인과 김 노인의 신분이나 성격이 어떻게 다른지 말해 보고, 채 노인이 심경의 변화를 일으킨 까닭은 무엇인지 생각해 봅시다.

- 〈양반 가문의 청상과부와 인연을 맺은 권생〉에서 권생이 혼자된 서울 양반 가문의 여성과 결혼하는 데 장애가 된 인물은 누구였으며, 이를 해결한 사람은 또 누구였는지 찾아봅시다.

● 〈궁색한 참의 댁 아들, 암행어사가 되다〉나 〈기생에게 통쾌하게 복수한 갖바치〉는 모두 잘못된 선입견 때문에 봉변을 당하는 이야기입니다. 여러분도 생활하면서 선입견 때문에 난처했던 경험이 있다면 말해 봅시다.

● 다음 보기의 양식을 참고로 하여, 이야기를 재미나게 들려주시는 할아버지나 할머니, 연세가 많은 어른들을 통해 옛날이야기를 수집하여 기록해 봅시다.

듣고 기록한 날짜와 시간	2012년 9월 1일 16시
이야기를 한 사람	김달래(외할머니, 68세)
이야기를 한 사람의 고향과 지금 사는곳	충청북도 청원군 남이면에서 태어났으며, 지금은 서울시 성북구 석관동에 살고 있음.
이야기를 한 장소	외할머니 댁 안방
처음 들은 때 및 들려준 사람	외할머니가 어렸을 때 친청어머니에게 들은 이야기라고 함.
이야기 제목	소금장수 이야기

이야기 출처

1 변치 않는 사랑의 약속

〈눈을 쓸면서 옥소선을 엿보다〉

임방(任埅), 〈소설인규옥소선(掃雪因窺玉簫仙)〉, 《천예록(天倪錄)》, 18세기 초.

〈그리운 임과 다시 만난 일타홍〉

임방, 〈잠계봉중일타홍(簪桂逢重一朶紅)〉, 《천예록》, 18세기 초.

2 신분을 초월한 연분

〈담을 넘어 도망친 내시의 아내〉

임매(任邁), 〈환처(宦妻)〉, 《잡기고담(雜記古談)》, 18세기 중반.

〈운명처럼 만난 소복 입은 여인〉

노명흠(盧命欽), 원제 미상, 《동패낙송(東稗洛誦)》 〈서벽외사해외수일본(栖碧外史海外蒐佚本)〉, 18세기 중반.

〈우하형과 죽음까지도 함께한 여종〉

노명흠, 원제 미상, 《동패낙송》 〈서벽외사해외수일본〉, 18세기 중반.

3 곡절을 넘어 이룬 인연

〈꽃다운 아내와 재복을 얻은 채생〉

작자 미상, 〈결방연이팔낭자(結芳緣二八娘子)〉, 《청구야담(靑邱野談)》, 19세기.

〈양반 가문의 청상과부와 인연을 맺은 권생〉

이희평(李羲平), 원제 미상, 《계서야담(溪西野談)》, 19세기 초.

4 운명을 바꾼 기이한 만남

〈궁색한 참의 댁 아들, 암행어사가 되다〉

노명흠, 원제 미상, 《동패낙송》 〈서벽외사해외수일본〉, 18세기 중반.

〈남편을 스스로 택한 지혜로운 여종〉

작자 미상, 〈택부서혜비식인(澤夫婿慧婢識人)〉, 《청구야담》, 19세기.

〈기생에게 통쾌하게 복수한 갖바치〉

유만주(俞晩柱), 〈피공(皮工)〉, 《흠영(欽英)》, 1781.

참고 문헌

국사편찬위원회 편, 《혼인과 연애의 풍속도》, 두산동아, 2005.

권현정, 《세기를 넘나든 조선의 사랑》, 현문미디어, 2007.

이연자, 《천년의 전통과 맥을 이어가는 명문 종가 이야기》, 컬처라인, 2004.

정연식, 《일상으로 본 조선시대 이야기 2》, 청년사, 2007.

주강현, 《우리 문화의 수수께끼 2》, 한겨레출판, 2004.

국어시간에 고전읽기 102

사랑 이야기, 담을 넘어 도망친 내시의 아내

1판 1쇄 발행일 2007년 6월 11일
개정판 1쇄 발행일 2012년 11월 19일
개정판 3쇄 발행일 2021년 5월 24일

기획 전국국어교사모임
지은이 진재교
그린이 김숙경 · 김혜리 · 이영림

발행인 김학원
발행처 (주)휴머니스트출판그룹
출판등록 제313-2007-000007호(2007년 1월 5일)
주소 (03991) 서울시 마포구 동교로23길 76(연남동)
전화 02-335-4422 **팩스** 02-334-3427
저자 · 독자 서비스 humanist@humanistbooks.com
홈페이지 www.humanistbooks.com
유튜브 youtube.com/user/humanistma **포스트** post.naver.com/hmcv
페이스북 facebook.com/hmcv2001 **인스타그램** @humanist_insta

편집책임 문성환 **편집** 김사라 **디자인** 김태형 유주현 림어소시에이션
스캔 · 출력 이희수 com. **용지** 화인페이퍼 **인쇄** 청아디앤피 **제본** 정민문화사

ISBN 978-89-5862-532-2 44810